HARALD MARTENSTEIN ist Autor der Kolumne »Martenstein«
im *ZEITmagazin* und Redakteur beim Berliner *Tagesspiegel*.
2004 erhielt er den Egon-Erwin-Kisch-Preis, 2010 bekam er den
Curt-Goetz-Ring verliehen. Seine Kolumnenbände waren
allesamt Best- und Longseller.

Außerdem von Harald Martenstein lieferbar:

Männer sind wie Pfirsiche
*Subjektive Betrachtungen über den Mann von heute mit einem
objektiven Vorwort von Alice Schwarzer*

Heimweg
Roman

Der Titel ist die halbe Miete
Mehrere Versuche über die Welt von heute

Gefühlte Nähe
Roman in 23 Paarungen

Ansichten eines Hausschweins
Neue Geschichten über alte Probleme

Wachsen Ananas auf Bäumen?
Wie ich meinem Kind die Welt erkläre

Freut Euch, Bernhard kommt bald!
12 unweihnachtliche Weihnachtsgeschichten

Nettsein ist auch keine Lösung
Einfache Geschichten aus einem schwierigen Land

Besuchen Sie uns auch auf www.penguin-verlag.de
und www.facebook.com/penguinverlag

Harald Martenstein

Die neuen Leiden des alten M.

Unartige Beobachtungen
zum deutschen Alltag

PENGUIN VERLAG

Der Verlag weist ausdrücklich darauf hin, dass im Text
enthaltene externe Links vom Verlag nur bis zum Zeitpunkt
der Buchveröffentlichung eingesehen werden konnten.
Auf spätere Veränderungen hat der Verlag keinerlei Einfluss.
Eine Haftung des Verlags ist daher ausgeschlossen.

Verlagsgruppe Random House FSC® N001967

PENGUIN und das Penguin Logo sind Markenzeichen
von Penguin Books Limited und werden
hier unter Lizenz benutzt.

1. Auflage 2017
Copyright © 2014 by C. Bertelsmann Verlag, München,
in der Verlagsgruppe Random House GmbH,
Neumarkter Straße 28, 81673 München
Umschlag: any way, Hamburg,
nach einem Entwurf von buxdesign, München
Umschlagmotiv: © C. Bertelsmann
Lektorat: Rainer Wieland
Satz: Uhl + Massopust, Aalen
Druck und Bindung: GGP Media GmbH, Pößneck
Printed in Germany
ISBN 978-3-328-10068-3
www.penguin-verlag.de

Inhalt

Das Schreiben 9
Die Männer 12
Straßenumbenennungen 15
Belgrad, Kaliningrad, Pjöngjang 18
Die Universität 20
Ehrgeiz 23
Klassenkampf 26
Umweltschutz 29
Sargpflicht 32
Die Schweiz 35
Spielhallen 38
Schönheitswettbewerbe 41
Terrorexperten 44
Prokrastination 47
Luxusprobleme 50
Böse Hunde 53
Politisches Engagement 56
Geschichten 59
Toiletten in Kreuzberg 62
Andere Meinungen 65
Die E-Zigarette 68

Die EU 71
Ein Leserbrief 74
Maxim Biller 77
Christian Kracht und Roberto Blanco 80
Sibylle Berg und Günter Grass 83
Fußball 86
Justiz und Sexismus 89
Sexismus und Justiz 92
Schmähgedichte 95
Frauenliteratur 98
Die USA 101
Broken English 104
Jungs 107
Mütter 110
Väter 113
Mitleid 116
Täter 119
Sitzenbleiber 122
Rechtschreibung 125
Gerechtigkeit 128
Schulnoten 131
Risotto, Sir! 134
Für Negerfreunde 137
Akif Pirinçci 140
Der Abhörskandal 143
Steuerhinterziehung 146
Steuererhöhungen 149
Wahlen 152
Der Fall Guttenberg 155
Lichtschalter 157

Einladungen 160
Statussymbole 163
Pleiten 166
Intimbehaarung 168
Veggie-Day 171
Prostitution 174
Religion 177
Werbung 180
Frei.Wild 183
Berlin 186
Machos 189
Krankenhäuser 192
Mein Vater 195
Abschiede 198
Das Glück 201

Das Schreiben

Ach, Sie sind Maler? Wie interessant. Ich bin gegen die bildende Kunst. Den Kunstbetrieb lehne ich ab. Warum? Hauptsächlich aus Neid. Ich bin Autor, wissen Sie. Ich schreibe Kolumnen, Reportagen, Romane, ich erfinde Geschichten, man könnte wohl sagen, dass ich künstlerisch tätig bin, wenngleich auf einem anderen Feld.

Das Problem dabei ist, dass man sich immer was Neues einfallen lassen muss. Ein gewisser Sound ist natürlich da, ein Autor muss einen Sound haben. Wenn aber jeder Text klingt wie der andere, wendet das Publikum sich ab. Das Publikum verlangt schon ein bisschen Abwechslung.

Die Leute wollen unterhalten werden, oder berührt. Wenn Sie Unterhaltung nicht hinbekommen, können Sie es als Autor mit tiefen Gedanken probieren, gehen Sie halt auf die intellektuelle Schiene. Und wenn Sie auch das nicht hinkriegen, dann tun Sie so, als ob. Werden Sie dunkel, raunen Sie, weichen Sie aus ins Ungefähre. Oft funktioniert das. Wenn die Leute etwas nicht verstehen, dann werden zumindest einige von ihnen denken, es sei groß, was, wie wir beide wissen, nur selten tatsächlich der Fall ist. Die Musik funktioniert übrigens ganz ähnlich wie die Literatur, meiner Erfahrung nach.

In der bildenden Kunst brauchen Sie eine Idee, nur eine. Und das ziehen Sie dann durch, wieder und immer wieder. Sie gießen Tiere in Plastik ein. Oder Autos in Beton. Sie verfremden Schreibmaschinen. Malen Sie einfarbig. Machen Sie Bilder aus lauter Nägeln, aus lauter Punkten, aus Buchstaben, malen Sie mit Blut, kommen Sie, Ihnen wird schon was einfallen. Es muss natürlich neu sein, das, was ich gerade aufgezählt habe, gibt es alles schon. Sie müssen eine Marke werden, wiedererkennbar.

Wenn Sie zu Ihrem Kram eine Theorie haben und reden können, umso besser, aber das muss nicht sein. Wichtig ist, dass Sie als Typ was hermachen. Sie müssen ein Typ sein. Es muss rüberkommen, dass Sie das, was Sie tun, einfach tun müssen, verstehen Sie.

Handwerkliche Fertigkeiten sind nicht erforderlich, Handwerk ist 19. Jahrhundert. Es muss nicht gefallen oder gut gemacht sein, es muss beeindrucken, es muss wirken. Legen Sie ein geschlachtetes Tier in eine Glasbox, stellen Sie den Verwesungsprozess aus, Maden, Fliegen, das gefällt nicht, aber es beeindruckt. Leider gibt es auch das schon.

Wenn Sie Glück haben, kommen Sie mit einer einzigen Idee Ihr ganzes Leben lang über die Runden. Das ist es, worauf ich neidisch bin. Klar, bei uns Autoren wird auch mit Wasser gekocht. Viele schreiben immer wieder das gleiche Buch, ich könnte Namen nennen. Aber das darf bei uns eben nicht zu sehr auffallen. Bei euch ist es ein Vorteil, bei uns ist es ein Nachteil. Wenn ich ein Jahr lang über das gleiche Thema etwa das Gleiche schreibe, immer besser vielleicht sogar, immer perfekter, werfen die mich raus. Wenn Sie zwanzig Jahre lang das Gleiche machen, sind Sie am Ende vielleicht Millionär.

Sie werden lachen: Ich kaufe Kunst. O ja. Ich investiere. Festgeld wirft nichts mehr ab, für Aktien bin ich nicht blöd genug oder nicht schlau genug. Wirtschaftlich glaube ich an die bildende Kunst. Im Herzen bin ich für die Realisten, ich glaube, das habe ich deutlich gemacht. Ich bin Realist, oder Reaktionär, wenn Sie so wollen. Das ist ja fast das Gleiche. Die Neue Leipziger Schule finde ich ganz gut, Neo Rauch und so was, obwohl die natürlich nicht mehr so gut malen können wie die Alte Leipziger Schule, Tübke, Mattheuer und Konsorten, die Alten waren besser, klar. Aber der Wille zählt. Die Jungen probieren es wenigstens. Das ist alles sehr teuer, leider. Ich kaufe, was ich mir leisten kann, auch wenn ich nicht immer überzeugt bin.

Ein Buch würde ich niemals als Geldanlage kaufen, nur aus Neugier, ein Buch ist eine ganz miese Investition. Das ist der Unterschied.

Die Männer

Ich erkläre hiermit, wieso ich so oft die Männer verteidige. Der Grund ist: Es tut sonst niemand. Es ist eine Marktlücke, wie das Katholischsein, aber das macht schon der Matussek. Im Grunde bin ich der größte Feminist von allen, nur, als Autor bringt mir das nichts. Weil aus allen anderen halbwegs talentierten Autoren bittersüßer Feminismus herausströmt, bin ich gezwungen, meinen eigenen Feminismus privat auszuleben und beruflich diese furchtbaren, aber immerhin unverwechselbaren Macho-Texte zu produzieren. Die Vereinbarkeit von Beruf und Familie ist auch für mich ein Problem.

Ich sollte während der Strauss-Kahn-Affäre einen Kommentar schreiben. Der Kommentar mündete in eine These, die ich für nicht sehr originell hielt. Aber mir fiel einfach nichts Besseres ein, außerdem wollte ich ins Schwimmbad. Ich brauche das, also das Schwimmen. Folglich schrieb ich: »Männer sind trotz allem keine schlechteren Menschen als Frauen.«

Im Schwimmbad hatte ich beim Schwimmen die ganze Zeit ein schlechtes Gewissen, wegen der Banalität meiner These. Aber am nächsten Morgen fand ich im Computer etliche empörte Briefe vor. Der Satz ist ja offenbar doch provokativ und so gesehen eine echte Granate gewesen. Das kriege ich selber oft gar nicht mit. Man denkt, man schreibt eine Allerweltswahrheit – und halb Deutschland tobt vor Wut. Eine Frau schrieb: »Natürlich sind Männer schlechtere Menschen, Beweis: In den Gefängnissen sitzen fast nur Männer.«

Es war mir sofort klar, dass diese Frau sachlich im Recht ist. In deutschen Gefängnissen sind die Männer interessanterweise fast genau ebenso stark repräsentiert wie in den Aufsichtsräten börsennotierter Unternehmen, nämlich mit 95 Prozent. Andererseits sitzen in den amerikanischen Gefängnissen, bezogen auf den Bevölkerungsanteil, viel mehr schwarze als weiße Amerikaner. Es wird häufig gesagt, dies sei ein Beweis für den Rassismus der dortigen Justiz. Also könnte man sagen: »Die Tatsache, dass viel mehr Männer im Gefängnis sitzen als Frauen, ist ein wissenschaftlicher Beweis dafür, wie männerfeindlich unsere Justiz ist.« Wenn ich schwarz wäre, würde ich das sagen, und alle wären mit mir solidarisch.

Ich habe dann herausgefunden, dass Frauen und Männer sich in der Kriminalitätsmenge gar nicht so stark unterscheiden – nur, Männer begehen häufiger Gewaltverbrechen, zum Beispiel Mord, für Mord kommt man eher ins Gefängnis als für Ladendiebstahl oder üble Nachrede. Als ich dann tiefer in die Materie einstieg, fand ich heraus, dass auch die Mordopfer meistens Männer sind, nämlich zu 84 Prozent. Suizide werden zu 74 Prozent von Männern begangen. Mit den Worten der Frau, die mir den Brief geschrieben hat: Schlechte Menschen, also Männer, bringen meistens andere schlechte Menschen um. Insofern hilft die Natur sich selber.

Und es kommt noch besser. Die Obdachlosen sind zu 70 Prozent Männer, die Drogenabhängigen zu 80 Prozent, von den Kindern mit Lernbehinderungen sind 70 Prozent Jungen. Wenn man solche Zahlen liest, wundert man sich, dass überhaupt genügend Männer für die Besetzung der Aufsichtsratsposten übrig bleiben. Wahrscheinlich gibt es einige Drogenabhängige und auch ein paar Lernbehinderte in den Aufsichtsräten.

Aus Ritterlichkeit bin ich strikt dagegen, im Gegenzug zur Frauenquote in den Aufsichtsräten auch eine 40-Prozent-Frauenquote bei den Obdachlosen, den Mordopfern und den Schulversagern einzuführen. Das übernehmen gerne weiter wir Männer, ganz im Geiste eines Superhits aus dem Jahre 1913, gesungen von Walter Kollo: »Die Männer sind alle Verbrecher. Aber lieb, aber lieb sind sie doch.«

Straßenumbenennungen

In Friedrichshain-Kreuzberg hat die Bezirksverordnetenversammlung vor einiger Zeit beschlossen, dass Straßen und Plätze nur noch nach Frauen benannt werden. Und zwar so lange, bis im Stadtbild von Kreuzberg und Friedrichshain 50 Prozent der Straßennamen weiblich sind.

Es handelt sich um ein Jahrhundertprojekt. Denn jedes Jahr wird nur eine Handvoll Straßen neu oder umbenannt. Eine Zeitung hat ausgerechnet, dass es einige Menschenleben dauern könnte, bis die Quote erreicht ist. Sollte also irgendwann ein Kreuzberger sämtliche Nobelpreise auf einmal gewinnen, das Perpetuum mobile erfinden oder einen Impfstoff gegen das HI-Virus entdecken, der gleichzeitig Marshmallows in Gold verwandelt und gegen den Welthunger hilft, dann sollte er sich in Kreuzberg keine falschen Hoffnungen auf eine Ehrung machen, falls es zufällig ein Mann ist.

Nein – sie haben in den vergangenen Jahren immerhin zwei Ausnahmen gemacht. In Kreuzberg sind unter grüner Bezirksregierung erstens eine Straße nach Rudi Dutschke und zweitens eine Straße nach Silvio Meier benannt worden, einem von Neonazis ermordeten Hausbesetzer. Rudi Dutschke ist quasi der Konrad Adenauer der Grünen.

Nun gab es dieses Problem mit dem Philosophen Moses Mendelssohn. Ein Platz am Jüdischen Museum, vor der neuen Akademie des Hauses, sollte nach Mendelssohn benannt werden, der als Denker der Aufklärung schon auch ein relativ fortschrittlicher Mensch war, andererseits war er nicht direkt ein Revolutionär und auch kein Mitglied der Grünen wie Rudi Dutschke. Das machte die Sache schwierig. Andererseits war Mendelssohn Jude, da ist Fingerspitzengefühl vielleicht nicht ganz unangebracht. Insofern haben die Kreuzberger Bezirkspolitikerinnen nach langem Widerstand und hartem Kampf am Ende doch einem genderpolitischen Kompromiss zugestimmt. Der Platz darf jetzt »Fromet- und Moses-Mendelssohn-Platz« heißen. Fromet, eine geborene Gugenheim, war die Ehefrau von Moses.

Alle sind erleichtert, auch weil der Philosoph Moses Mendelssohn ein solider Typ und zum Glück nur einmal verheiratet war. Im Falle von Willy Brandt müsste so ein Platz ja »Carola-Brandt-, Rut-Brandt-, Brigitte-Seebacher-Brandt- und Willy-Brandt-Platz« heißen, wobei nicht auszuschließen ist, dass Brigitte Seebacher-Brandt gegen die Nennung ihrer beiden Vorgängerinnen klagt. Manche Männer heiraten, wenn überhaupt, leider gar keine Frau. »Die-Frau-die-er-geheiratet-hätte-wenn-er-hetero-gewesen-wäre-und-Dirk-Bach-Platz«, geht das überhaupt? Andere leben, was ja völlig legitim ist, den häufigen Partnerwechsel. Immerhin könnte man mit dem »Alle-Freundinnenvon-Rolf-Eden-und-Rolf-Eden-Platz« die Kreuzberger Straßenfrauenquote wahrscheinlich, rein quantitativ, mit einem Schlag erfüllen.

Belgrad, Kaliningrad, Pjöngjang

Vor einiger Zeit wurde gemeldet, dass der Termin für die Eröffnung des Berliner Flughafens wieder einmal geplatzt ist. Bis dahin war die Eröffnung für den 8. Mai 2012, für den 3. Juni 2012, dann für den 17. März 2013 angekündigt worden. Ein Manager sagt: »Es herrscht völliges Chaos.« Von einem anderen Manager wurde der Satz bekannt: »Es stellt sich die Frage, ob die Entrauchungsanlage jemals funktionieren wird.«

Es wäre sehr ungerecht, zu behaupten, dass so etwas nur in Berlin vorkommt. Als Vergleichsobjekt drängt sich der neue Hauptbahnhof der serbischen Metropole Belgrad auf. Die Station »Belgrad Zentrum« sollte am 1. Mai 1979 feierlich eröffnet werden. Die Eröffnung wurde zuerst auf 1980 verschoben, dann auf 1989, schließlich auf 1999. Inzwischen sind etliche weitere Jahre verstrichen. Die Bauarbeiten laufen angeblich weiter auf Hochtouren, der fünfte Eröffnungstermin steht noch nicht fest. Ursache der Probleme ist die komplexe Topographie der Stadt Belgrad, unter anderem gibt es dort Berge und Flüsse, ein Umstand, der den Planern zunächst nicht bewusst gewesen ist.

In Kaliningrad, dem früheren Königsberg, wird seit

den siebziger Jahren versucht, ein Hochhaus zu errichten, das ursprünglich den Sowjet der Stadt beherbergen sollte. Zuletzt ist sogar der Versuch gescheitert, in den Rohbau Fenster einzubauen – angeblich herrscht völliges Chaos. Es stellt sich die Frage, ob die Fenster jemals funktionieren werden. Inzwischen ist die Ruine allerdings eine Sehenswürdigkeit. Sie soll offiziell zum Denkmal für das Scheitern der Sowjetunion erklärt werden.

In der nordkoreanischen Hauptstadt Pjöngjang wird seit 1987 an einem Hotel gebaut, das 1987 sogar das höchste Hotel der Welt gewesen wäre, mit 320 Metern, 3000 Zimmern und sieben Drehrestaurants. Das Hotel wird die Form einer Pyramide haben, wenn es fertig ist, was ursprünglich wohl 1992 der Fall sein sollte. Was genau das Problem ist, weiß nur Präsident Kim Jong Un. Zuletzt wurde angekündigt, das Hotel werde zum 100. Geburtstag des früheren Präsidenten Kim Il Sung eröffnet, also im April 2012, ein Termin, der offenbar nicht gehalten werden konnte.

Man kann also sagen, dass derartige Probleme eine Spezialität eher östlich gelegener Metropolen mit einer lebendigen sozialistischen Tradition sind, insofern stellt die schwierige Baugeschichte der Berliner Flughafen-Entrauchungsanlage keine ganz so große Überraschung dar.

Von Kaliningrad und Pjöngjang aber können wir Berliner lernen, dass der Flughafen auch im Fall der Nichtfertigstellung eine neue Touristenattraktion werden könnte, als Berlin-Denkmal oder Partylocation, und dass der 1. Oktober 2053, der 100. Geburtstag von Klaus Wowereit, im Grunde ein idealer Eröffnungstermin wäre.

Die Universität

Zum ersten Mal seit meinem Examen habe ich wieder ein Seminar an der Universität besucht. Ich war jetzt der Dozent. Es handelte sich um Germanisten. Junge Germanisten sind offenbar sympathische, intelligente, freundliche Menschen. Viele von ihnen können allerdings nicht fehlerfrei Deutsch. Ich finde das nicht schlimm, nur überraschend. Andererseits, es gibt einen relativ berühmten Fotografen, der blind ist. Es gibt ängstliche Boxer und ewige Jungs, die achtzig sind. Da mag auch ein Germanist, der nicht Deutsch kann, seinen Platz im Gebäude der Schöpfung finden.

Ein typischer Germanistensatz in einer Seminararbeit des Jahres 2012 lautet: »Ich glaube das viele menschen gahr nicht Wissen wie schlimm es, um Die Germanistik, Steht und das bei uns Germaitn Vieles verbessert werden, könnte.« Am schlimmsten steht es nämlich um die Kommas, um Satzzeichen sowie Groß- und Kleinschreibung. Der Fortbestand der freilebenden sibirischen Tiger ist weniger bedroht als der Fortbestand des korrekt gesetzten deutschen Kommas.

Kulturpessimismus? Ohne mich. Manche Kulturtechniken werden bedeutungslos, andere steigen dafür auf. Weiß ich alles. Hey, ich sitze nicht auf dem hohen Ross. Auch ich mache Fehler. Vor allem der Konjunktiv gehört nicht zu meinen Spezialdisziplinen.

Ich erzählte, dass mein Großvater die Hauptschule besucht hat, wo er nicht zu den besten Schülern gehörte, und dass damals eine Hauptschule in der Lage gewesen ist, fast allen Leuten Rechtschreibung beizubringen. Dieses Kunststück gelingt heute nicht mal mehr den Gymnasien. Schreiben und Rechnen sind im Alltag immer noch hilfreich, oder irre ich mich da? Die Studenten sagten, dass sie sich schriftlich meistens im Internet bewegen, und da komme oder käme es auf Kommas und Großschreibung nicht an. Ich meine, hallo, das Deutsche und das Englische sind auch verschieden, da klappt es auch, beides zu beherrschen, wieso geht es dann nicht mit Internetsprache und Schriftsprache? Die Studenten sagten, seit der Rechtschreibreform wisse eh keiner mehr irgendwas.

Ich habe mich dann an diese Schreibweisen erstaunlich schnell, gewöhnt. Man kann sich nicht über jeden fehler aufregen, dass sind zu viele, da würde man verrückt werden.

Auch die Professoren sagen, man kann nichts mehr tun. Nur ein Don Quijote könne heute noch verlangen, dass Germanisten auf dem Rechtschreibniveau eines Hauptschülers von 1912 sind. Im Mittelalter gab es schließlich auch keine verbindlichen Schreibweisen, die Normierung der deutschen Sprache kam doch sowieso erst im 19. Jahrhundert. Im Mittelalter schrieb man alles Wichtige auf Lateinisch. Die Bildungsreformer haben das Schulwesen so lange reformiert, so lange Ansprüche gesänkt und Leistungsdruck gemiltert, bis die Schule wieder im Mittelalter angekommen ist, nur halt sine latinum. Wenn es auf diesem Weg weitergeht, erreichen die Bildungsreformen, vielleicht wieder das alte Rom, es kann nur besser werden. Und wenn in der Schule keiner mehr die Chance hat, richtig Deutsch zu lernen, dann hat man ja auch das Ziel der Chancengleichheit verwirklicht, noch dazu ohne Mühen und Kosten.

Was aber richtig lustig werden wird, hoffentlich erlebe ich das noch: Wenn die heute ausgebildeten Germanisten als Deutschlehrer und Germanistikprofessoren an den Start gehen. Hauptseminar: »der aufstieg, der Piratenpartei Und die literatuhr«. Aber vielleicht sind die Unis ja bis dahin abgeschafft, mit der gleichen Begründung wie die Hauptschulen. Der Abschluss bringt bei der Jobsuche irgendwie nichts.

Ehrgeiz

Im Fernsehen kam ein Interview mit der Ministerpräsidentin Hannelore Kraft, SPD. Sie sollte sich zu der Frage äußern, ob sie irgendwann gerne Kanzlerin werden möchte. Die Frage wird auch ihrem Rivalen von der nordrhein-westfälischen CDU manchmal gestellt. Frau Kraft wand sich wie eine Würmin. Das ist eine Journalisten-Lieblingsfrage an Politiker: »Was wollen Sie irgendwann einmal werden?« Ich möchte sie ein für alle Mal beantworten.

Wenn man in irgendeinen Beruf hineingeht und über ein Normalmaß an Ehrgeiz verfügt, dann will man was erreichen in diesem Beruf, am besten wäre natürlich der Topjob. Jeder 16-jährige Fußballer träumt davon, in der Nationalmannschaft zu spielen, eines Tages. Jeder leidenschaftliche Koch besäße gern drei Sterne, kein Literat hätte ernsthaft etwas gegen den Literaturnobelpreis einzuwenden. Sogar die meisten Redakteure würden erfreut annehmen, wenn man ihnen die Chefredaktion anbietet. Was mich betrifft: Ich nehme alles an, außer Papst.

Was ist daran verwerflich? Gar nichts. Gleichzeitig ist es unwahrscheinlich, dass man es schafft, und das weiß man auch. Es hängt, selbst wenn man tatsächlich das Zeug dazu hat, auch von Glück und Umständen ab. Und es wäre blöd, sich nicht innerlich auf den Normalfall einzustellen, dass es nämlich nichts wird mit dem Nobelpreis, der Kanzlerschaft oder der Papstwürde. Auch jenseits dessen hat das Leben viel zu bieten. Noch blöder wäre es allerdings, seine Lebensträume vor allen Leuten laut herauszuposaunen. Obwohl es ganz normale Träume sind.

Ehrgeiz ist eines der letzten Tabus. Viele haben ihn. Niemand gibt es zu. Auch das Lexikon Wikipedia macht den Ehrgeiz schlecht: »Unter E. versteht man die Gier einer Person nach Ehre, oft verbunden mit dem Streben nach Macht und Ruhm.« Angeblich darf es allen immer nur um die sogenannte »Sache« gehen. Alle tun so verdammt demütig. Aber das ist doch völlig unrealistisch und verlogen. Wenn Menschen nicht ehrgeizig wären, würden wir immer noch auf den Bäumen hocken und uns gegenseitig total relaxed lausen, so sieht nämlich die Wahrheit aus. Wie soll jemand aus der Unterschicht hochkommen, wenn man den Leuten dauernd erzählt, Ehrgeiz sei schlecht?

Ich habe festgestellt, dass die evangelische Kirche in diesem Jahr eine Fastenaktion »Sieben Wochen ohne falschen Ehrgeiz« ausgerufen hat. Man soll als Christ in Deutschland ab dem Aschermittwoch sieben Wochen lang beim Autofahren, beim Sport, beim Singen, Kochen und Sparen keinen Ehrgeiz haben, zumindest keinen falschen. Wie man den richtigen von falschem Ehrgeiz unterscheidet, haben sie leider nicht erklärt. Ich bin jedenfalls froh, dass ich in der Fastenzeit bei keinem engagierten Christen zum Essen eingeladen war oder seinem ehrgeizlosen Gesang lauschen musste. Hoffentlich haben Christen nicht zu viele Autounfälle gebaut. Was alles passieren kann, wenn man beim Sparen völlig ehrgeizlos ist, zeigt Griechenland. Womöglich hing auch der plötzliche, nach Aschermittwoch beginnende Absturz des Fußballvereins Borussia Mönchengladbach mit der Fastenaktion zusammen.

Meiner Meinung nach wäre Jesus ohne ein bisschen Ehrgeiz nie so erfolgreich gewesen. Pilatus hielt Jesus für den »König der Juden«. Da kommt man ohne Ehrgeiz nicht hin. Aber wie viel Ehrgeiz ist erlaubt? Um diese komplizierte Frage befriedigend beantworten zu können, müsste man ein extrem ehrgeiziger Kolumnist sein. Mir aber geht es selbstverständlich nur um die Sache.

Klassenkampf

In Berlin formiert sich gerade eine neue politische Bewegung. Auf mehreren Partys wurde darüber gesprochen. Es waren Partys, die hauptsächlich von Wohlhabenden besucht wurden, also Leuten, die in großen Altbauwohnungen leben, Bio essen, Honorarrechnungen ausdrucken und Smartphones benutzen.

Viele Berliner Wohlhabende mussten in letzter Zeit erleben, dass in ihrer Straße ein Auto angezündet wurde. Es ist in Berlin eine Mode geworden. Sogenannte Autonome oder Menschen mit Erlebnishunger gehen nachts in die Altbauviertel der Bioesser und Honorarrechnungen-Ausdrucker hinein und stecken dort mithilfe brennbarer Flüssigkeiten, meistens Grillanzünder, Autos an. Sie wollen damit politisch etwas ausdrücken. Sie machen ihrem Unbehagen über den Reichtum in unserer Gesellschaft Luft. Die Polizei kann nicht viel dagegen tun.

»Wir müssen zurückschlagen«, sagte mir ein Betroffener, ein erfolgreicher Kulturmanager. Wer sage denn, dass der Kampf der Armen gegen die Reichen eine Einbahnstraße sein müsse? Ihm sei aufgefallen, dass in seinen Kreisen, unter den wohlhabenden Kreativen, immer weniger Leute einen Fernseher besäßen. Höchstens, dass man noch ein Altgerät hat, das irgendwo versteckt herumsteht und bei wichtigen Fußballspielen oder bei Bundestagswahlen benutzt wird. Alles Übrige regelt man mit dem Laptop. Neue Fernseher kauft sich kein Mensch mehr, der es im tertiären Sektor zu etwas gebracht hat.

Wer aber eine Unterschichtwohnung aufsucht, vielleicht weil der eigene Sohn auf dem Schulweg verprügelt wurde oder weil man eine Rechnung, an der Steuer vorbei, in bar begleichen möchte, der stellt fest, dass dort immer, wirklich immer, ein riesiger und sehr neuer Fernseher steht. Die Unterschicht fährt immer noch ab auf teure, große Fernseher.

»Wir müssen uns wehren«, sagte der Kulturmanager. Er würde es gut finden, wenn kleine Gruppen, zwei oder drei Wohlhabende, tertiärer Sektor, nachts maskiert in Unterschichtwohnungen einsteigen und dort die neuen, teuren Fernseher mit Eisenstangen kaputtschlagen. Wahrscheinlich würde das sogar Spaß machen. Anzünden sei leider zu gefährlich, man wolle ja keine Toten. Er schlage den Wedding vor, der fast ausnahmslos von der Unterschicht besiedelt sei. Im Wedding erwische es immer die Richtigen. Man müsse Farbdosen dabeihaben, und nach vollbrachter Tat müsse man an die Wand eine Parole sprühen, etwa: »Eure Armut kotzt uns an!« Danach geht man an den Kühlschrank und killt die gesamten Biervorräte. Eine andere Möglichkeit bestehe darin, mit Zwillen und Eisenkugeln die Satellitenschüsseln abzuschießen, eine Satellitenschüssel gehöre immer der Unterschicht.

Gewiss, die meisten Autoanzünder seien vermutlich gar

keine echten Unterschichtler, sondern Bürgerkinder, zum Teil wenigstens. Aber es gehe nicht um Gerechtigkeit, sondern um Selbstbehauptung. Die Autonomen würden ja auch oft Autos der Marke BMW anzünden, obwohl kein echter Wohlhabender BMW fährt. Wohlhabende fahren teure Fahrräder.

Man muss den Wedding, der im Grunde eine schöne Wohngegend mit Potenzial ist, für die Unterschicht zur Hölle machen, sagte der Manager. Dann ziehen die aus. Er übernehme sehr gerne eine von deren tollen Altbauwohnungen im Wedding, die könnten seinetwegen sein Loft in Prenzlauer Berg übernehmen. Prenzlauer Berg ist sowieso viel zu laut und zu voll geworden.

Umweltschutz

Ich bin Kunde bei Rewe, ich kaufe da manchmal ein. Guter Laden. Neuerdings haben sie bei Rewe keine Plastiktüten mehr, nur noch Papiertüten. Soll mir recht sein. Auf der Papiertüte stand: »Gemeinsam Gutes tun. Die Hallo Erde! Aktion bei Rewe«. Dazu waren ein Apfel, eine Sonne, eine kleine Familie und ein Herz abgebildet.

Apfel. Sonne. Herz. Alle drei. Mal ehrlich – hätte ein Apfel *oder* eine Sonne *oder* ein Herz denn nicht gereicht? Kommen die sich mit ihrer gewaltigen positiven Strahlkraft nicht gegenseitig ins Gehege? Dies war mein erster Gedanke.

Darunter stand noch was: »Unsere Hallo Erde! Partner«, ohne Bindestrich, vermutlich um Energie zu sparen. Es folgte eine Liste von Firmen mit Bio-Profil, darunter Bionade, Landliebe, Frosch. Damit war die Papiertütenfläche aber noch lange nicht zu Ende. Ganz unten stand: »Die gemeinsame Nachhaltigkeits-Aktion von Rewe, toom, Penny«, alle möglichen Supermärkte.

Nun drehte ich, spaßeshalber, die Tüte um. Was war wohl auf der anderen Seite dieser Papiertüte zu sehen? Jawohl, genau das: eine Sonnenblume. Dazu ein lachendes

Mädchengesicht. Darunter der folgende Text: »Hallo Erde! Gemeinsam für Mensch & Umwelt. Die Nachhaltigkeits-Aktion bei Rewe.«

Jetzt habe ich etwas gemacht, was ich in meinem ganzen Leben noch nie getan habe. Ich habe nämlich die Papiertüte ganz weit auseinandergefaltet, weil ich auf einmal verdammt neugierig darauf war, ob auf den schmalen Seitenflächen dieser erstaunlichen Papiertüte womöglich auch noch etwas steht. Was soll ich sagen? Da steht eine ganze Menge. Nämlich: »Pro Planet. Waldschützend hergestellt. Pro Planet. Das Label für verantwortungsvollen Einkauf.«

Ich möchte betonen, dass ich nichts gegen die Rettung der Erde habe. Besser gesagt, bis vor Kurzem hatte ich nichts dagegen, bis zu dem Tag, an dem ich diese Papiertüte gesehen habe. Jetzt bin ich dafür, dass die Erde untergeht.

Die Arten sollen aussterben – alle. Die Ressourcen sollen komplett verbraucht werden, je schneller, desto besser. Am wichtigsten erscheint es mir, dass alsbald die Regenwälder abgeholzt werden, bis zum letzten Gummibäumchen, denn ohne Wälder, vermute ich, wird bald das Papier knapp, hoffentlich doch wohl auch irgendwann das Recyclingpapier, und dann können sie solche Tüten nicht mehr herstellen. Ich bin auch für Gift in Lebensmitteln. Am liebsten wäre mir Nervengift, dann kann ich den Text auf der Tüte nicht mehr lesen.

Vergesst Mahatma Gandhi, vergesst Martin Luther King, Greenpeace und Amnesty International. Das wird jetzt alles von Rewe gemacht.

Das Einzige, was ich nicht verstehe: Das Mädchen auf der Tüte ist blond und blauäugig. Das kam mir eurozentrisch vor, fast schon deutschtümelnd. Da hätte ein Straßenkind aus der Dritten Welt, selbstverständlich ein hübsches, einen noch nachhaltigeren, noch verantwortungsvolleren und noch waldschützenderen Eindruck gemacht. Aber ein Freund aus der Werbebranche hat mir erzählt, dass dunkelhäutige Models inzwischen ziemlich teuer sind, die Nachfrage sei immens. Inzwischen sind blauäugige Blondinen die Drachme unter den Werbemodellen.

Nun nahm ich also meine Papiertüte, um meine Zigaretten, mein Insektenvertilgungsmittel, mein Gen-Food, mein Schweineschmalz und meinen Jägermeister darin einzuwickeln. Die sollen es alle schön warm haben. Die sollen in der Tüte jetzt mal gemeinsam Gutes tun.

Sargpflicht

In der Zeitung stand, dass sie bei der Integration von toten Muslimen Fortschritte machen. Winfried Kretschmann, der Ministerpräsident von Baden-Württemberg, habe erklärt: »Solange sich Menschen nicht dort begraben lassen, wo sie gelebt haben, sind sie nicht voll integriert.«

Die muslimische Tradition sieht vor, dass Verstorbene in einem Tuch bestattet werden, nicht in einem Sarg. Dem stand bisher die deutsche Sargpflicht entgegen. Viele deutsche Muslime ziehen es deshalb vor, ihre Angehörigen im Ausland zu bestatten, dort, wo man es mit der Sargpflicht nicht so genau nimmt. Wenn der deutsche Sprachrat mal wieder nach dem deutschesten deutschen Wort sucht, dann heißt mein Kandidat: Sargpflicht. Ich bin nicht aus dem Land, wo die Zitronen blühn. Ich bin aus dem Land, wo die Sargpflicht herrscht.

In Baden-Württemberg sollte also die Sargpflicht gelockert werden. Da dachte ich: Halleluja. In Deutschland wird endlich mal eine Vorschrift abgeschafft. Dank seiner Muslime.

Dann habe ich das Kleingedruckte gelesen. Der Transport der Verstorbenen zum Grab muss, »aus hygienischen

Gründen«, weiterhin im Sarg erfolgen. An der Grube darf die muslimische Trauergemeinde ihren Toten aus dem Sarg herausholen und, in ein Tuch eingewickelt, zur ewigen Ruhe betten. Die Muslime müssen also auch in Zukunft einen Sarg kaufen. Ich glaube nämlich nicht, dass die Bestatter Leihsärge anbieten. Allein schon aus hygienischen Gründen werden sie es nicht tun. Die Sargbenutzungspflicht wurde also, genau genommen, durch eine Sargkaufpflicht ersetzt. In der Zeitung stand, dass die Begeisterung der Muslime über die baden-württembergische Sargpflichtreform sich sehr in Grenzen hält.

Das neue Gesetz soll auch nur für Muslime gelten. Für Christen, Agnostiker und alles Übrige gilt weiterhin strengste Sargbenutzungspflicht in Tateinheit mit Sargkaufpflicht. Nun ist es aber so, dass Muslime keinen schriftlichen Religionsnachweis beibringen können, das Bekenntnis zum Islam erfolgt mündlich. Der Sargpflichtumgehung durch Islamvorspiegelung sind folglich Tür und Tor geöffnet. Baden-württembergische Christen mit ernsten gesundheitlichen Problemen, die nicht in den Sarg hineinwollen, könnten sich noch schnell einen Vollbart wachsen lassen. Alte Schwäbinnen können, kurz vor dem Ende, rasch ein Kopftuch anziehen. Die Entscheidung darüber, wer ein echter baden-württembergischer Muslim im Sinne des reformierten Sargpflichtgesetzes ist, trifft künftig der Standesbeamte. Standesbeamter, ein echter Knochenjob.

Bisher mussten außerdem in Baden-Württemberg zwischen dem Tod und der Bestattung mindestens 48 Stunden verstreichen. Damit sollten Scheintote geschützt werden. Den Scheintotenschutz wollen sie abschaffen, weil Muslime bei der Bestattung auf eilige Erledigung drängen. Die Scheintoten sind die großen Verlierer bei der Grabrechtsreform.

In den Gesetzesberatungen ging es auch um Urnen. Viele Menschen möchten die Asche ihres Angehörigen zu Hause aufbewahren. In zahlreichen Ländern ist dies möglich. Im Landtag gab es gegen eine Lockerung Bedenken. Es hieß, die Pietät sei gefährdet. Zitat aus der Debatte: »Was, wenn die Urne am Ende in einem Kellerloch steht?« Mein Staat ist so fürsorglich, dass er sogar meine Urne mit einem Gesetz vor Spinnweben schützt. Was aber, wenn ein bösartiger Hinterbliebener, der beim Erben zu kurz gekommen ist, auf mein Grab uriniert? Nun, als Christ bin ich da unten durch meinen Sarg hygienisch vor dem Gröbsten geschützt.

Ich bin aus dem Land, wo die Sargpflicht herrscht.

Die Schweiz

Zwischen Deutschland und der Schweiz hat es in der Vergangenheit Spannungen gegeben, weil Deutsche ihr Geld in der Schweiz vor dem deutschen Finanzamt verstecken. Das weiß jeder, sogar ich. Mir war aber unbekannt, dass immer mehr Deutsche auch ihre Leichen in der Schweiz verstecken. Besser gesagt, ihre Asche.

Zuerst wird die verstorbene Person in Deutschland ganz normal eingeäschert, bei einem Bestatter, der mit einem Schweizer Spezialisten für deutsche Asche zusammenarbeitet. Die Urne wird an den Spezialisten übergeben, der sie in die Schweiz schafft. Das ist legal.

Die Familie hat bei dem Spezialisten einen anonymen Beisetzungsplatz auf einer Bergwiese gekauft. Die deutschen Leichenüberwachungsbehörden denken, aha, diese Urne landet in der ausländischen Wiese. Sie ist einer ordnungsgemäßen Endlagerung im Sinne der deutschen Bestattungsgesetze, Paragraf 82c, Fassung von 1955, Abschnitt b, zugeführt. Diese Urne können wir abhaken. Falsch gedacht!

In Wirklichkeit reist ein Familienmitglied in die Schweiz, wo der Spezialist ihm oder ihr die Urne diskret übergibt. Das ist ebenfalls legal. In der Schweiz gehört die Asche den Hinterbliebenen. In Deutschland dagegen gehört meine Asche nach meinem Tod der Regierung. Das hat mich erschüttert, als ich es erfahren habe. Bei all der Mühe und dem Ärger, den einem das Sterben in der Regel bereitet, hätte ich erwartet, dass der Staat hinterher ein bisschen großzügig zu mir ist.

Das Familienmitglied schmuggelt die Asche zurück nach Hause, sei es Herne oder Koblenz, wo sie im Garten oder auf dem Kamin ihren Platz findet. Diese von libertärem Denken geprägte Dienstleistung gibt es schon für 1975 Euro.

Der deutsche Satz »Ich habe meine Asche in die Schweiz geschafft« ist also zweideutig. Wenn an der Schweizer Grenze ein Deutscher wegen seiner prallen Aktentasche auffällt, dann muss sich in der Aktentasche kein Geld befinden, es könnte sich auch um den Großvater handeln.

Ich halte das für einen Filmstoff. In dem Film reitet die deutsche Kavallerie unter Peer Steinbrück in der Schweiz ein, um dort die Urne des Großvaters zu suchen und die Urne wegen Aschenhinterziehung zu verhaften. Interessanterweise bleiben nämlich auch viele deutsche Urnen dauerhaft in der Schweiz.

Im Wallis, im Wald von Eringertal, liegen bereits 350 tote deutsche Bestattungsrechtsflüchtlinge. Weitere 500 Bestattungen stehen an. Es gibt aber Widerstand in der Bevölkerung, vor allem bei der Christlichen Volkspartei. Man befürchtet Überfremdung des Waldbodens durch Aschenasylanten. Das ist nämlich die Schattenseite der Schweiz: Sie denken freisinnig, gewiss, aber Ausländer sind nicht immer gern gesehen, sogar in einem so reduzierten Zustand. Falls eine CD mit den Namen der Aschenhinterzieher auftaucht, tippe ich auf die Christliche Volkspartei als Quelle.

Das Unternehmen Oase der Ewigkeit, Sitz: Grevenbroich, lässt die Asche von Deutschen auf der Schweizer Seite des Bodensees im Wasser verstreuen. Auf der deutschen Seeseite ist dies natürlich verboten. In einer eidgenössischen Zeitung stand: »Jetzt verschmutzen die Deutschen auch noch den Bodensee.« Wenn man sich eine Sekunde lang vergegenwärtigt, wie viele Vögel aus allen Nationen täglich ihren Kot über dem Bodensee abladen, durchschaut man sofort den fragwürdigen Hintergrund dieses Arguments. Und dabei haben wir noch nicht über den Fischkot geredet und darüber, dass auch Fische keineswegs unsterblich sind.

Die Einbringung eines Gesetzes gegen das unangemeldete Versterben von Kleintieren im Bodensee würde ich allerdings eher den Deutschen zutrauen.

Spielhallen

In Hamburg wurde die Gestaltung von Spielhallen gesetzlich geregelt. Man nennt dieses Dokument das »Hamburgische Spielhallengesetz«. Das letzte Gesetz, das mich emotional so stark beeindruckt hat, sind die Zehn Gebote gewesen.

Nach den Ausführungsbestimmungen des Hamburgischen Spielhallengesetzes ist es untersagt, in oder auch vor Hamburger Spielhallen das Bild eines Goldfisches zu zeigen. Muslime dürfen keine Bilder von Allah oder von leicht bekleideten Frauen zeigen – bei den Hamburger Spielhallenbetreibern sind es Goldfische. Ehrlich gesagt, der Islam kommt mir vernünftiger vor. Sogar die Begründung der Hamburger Behörde liest sich auffällig ähnlich wie bei den Muslimen: Bildnisse von Goldfischen »stellen den Charakter des Glücksspiels unangemessen dar«, das heißt: zu positiv. Bildnisse von anderen Fischen, zum Beispiel Flundern oder Welsen, bleiben erlaubt. Eine Flunder stellt den ebenso flachen wie flüchtigen Charakter des Glücksspiels ja tatsächlich relativ angemessen dar.

Mit der gleichen Begründung, unangemessen, haben sie auch Kleeblätter, Fliegenpilze, Schornsteinfeger und

Schweinchen verboten, aber nur die Bilder. Lebende Schweinchen sind in Hamburger Spielhallen erstaunlicherweise nicht verboten. Sie dürfen auch ihren Schornstein von einem echten Feger fegen lassen, solange sie kein Foto von ihm zeigen. Verboten ist die Zahl 7, weil es sich dabei um ein Glückssymbol handelt, Glückssymbole sind in Hamburg unerwünscht. 14 ist erlaubt. Der Spielhallenbetreiber darf aber nicht schreiben: »2 mal 7 ist 14.«

Es ist in Hamburg außerdem verboten, den Städtenamen Tallinn im Inneren einer Spielhalle oder auf ihrer Fassade in Schriftform zu verwenden. Die estnische Metropole sei nämlich, was ich bisher nicht wusste, »eine bekannte Hochburg des Glücksspiels«. Sobald jemand in Hamburg das Zauberwort »Tallinn« liest, verfällt diese Person nach Ansicht des Gesetzgebers der Spielsucht.

Die Darstellung einer Pyramide ist erlaubt, sofern diese Pyramide erkennbar in Kairo steht. Kairo ist keine Hochburg des Glücksspiels. Bilder, die eine Pyramide in Las Vegas zeigen, sind dagegen streng verboten. Verboten ist auch die Darstellung von Personen, die »glücklich wirken«. So ein Bild könne suggerieren, dass der Besuch einer Spielhalle glücklich macht. Wenn in der Spielhalle ein Bild hängt mit einer Person darauf, kommt offenbar jemand von der Behörde und muss entscheiden, ob die Person auf dem Bild glücklich wirkt. Das ist sehr stark Ermessenssache.

Es ist verboten, eine Spielhalle in Bergedorf »Spielhalle St. Pauli« zu nennen. Begründung: Die Spielhalle liegt schließlich in Bergedorf. Wenn jemand in Bergedorf den Namen »Spielhalle St. Pauli« liest, denkt die Person, ach so, ich bin in St. Pauli, hätte ich gar nicht gedacht. Dann findet die Person nie mehr nach Hause. Verboten ist ebenfalls die Bezeichnung »Spielhalle Reeperbahn«, allerdings mit einer anderen Begründung: Der Name »Spielhalle Reeperbahn« suggeriere »das vielfältige Angebot der Reeperbahn«. Womöglich geht ein Mensch in die Spielhalle hinein und sucht dort stundenlang nach Prostituierten oder nach Udo Lindenberg. Oder er sucht in der Spielhalle die Davidswache, um jemanden anzuzeigen, der vor Spielhallen mit verbotenen Bildern von Goldfischen dealt.

Denken diese Bürokraten, dass wir alle Vollidioten sind? In Wirklichkeit sind wir verdammt schlau. Ich erlaube mir den Hinweis, dass die Fluggesellschaft Air Baltic nonstop von Hamburg nach Tallinn fliegt. Tickets gibt es bereits für 65 Euro.

Schönheitswettbewerbe

In Berlin hat sich eine Politikerin der Grünen, Marianne Burkert-Eulitz, gegen die Diskriminierung von Menschen ausgesprochen, in diesem Falle bei Schönheitswettbewerben. Sie sagt: »Bei Misswahlen werden grundsätzlich Menschen unserer Gesellschaft ausgeschlossen.« Bei Schönheitswettbewerben gewinnen meistens Menschen, die dem herrschenden Schönheitsideal entsprechen. Andere Menschen haben keine Chance. Auch ich bin so ein Fall. Zu den Mister-Germany-Wahlen gehe ich seit Jahren gar nicht mehr hin. Es wäre zu schmerzhaft.

Frau Burkert-Eulitz schlägt vor, dass bei Misswahlen oder Misterwahlen auch weniger schöne Menschen gewinnen dürfen. Jeder soll eine Chance haben. Wie das konkret aussehen könnte, sagt sie nicht. Es ist auch extrem schwierig. Mit der Quote kann man da irgendwie nicht arbeiten. Wenn ich mithilfe der Quote für weniger schöne Menschen zum Mister Germany gewählt würde, wäre mir das peinlich. Schönheitskönig der Unschönen – ein bitterer Lorbeer.

Es geht eigentlich nur, indem bei den Miss- und den Misterwahlen die Blindbewerbung eingeführt wird. Alle tragen Burka. Dann bräuchte man auch keine Geschlechtergrenzen mehr bei den Wahlen. Ich könnte sogar zur Miss Germany gewählt werden.

Die Diskriminierung von Menschen wegen ihres Aussehens heißt »Lookismus«, es kommt von dem englischen Verb *to look*. In Teilen von Australien und in der amerikanischen Stadt Washington ist Lookismus bereits gesetzlich verboten. Nur Leistung soll zählen. Wobei ich das insofern nicht verstehe, als die Leistung, die man bei einem Schönheitswettbewerb erbringen muss, meines Wissens darin besteht, gut auszusehen. Und wenn man tatsächlich sagt: »Nur die Leistung soll zählen«, dann werden grundsätzlich alle Menschen ausgeschlossen, die keine Leistung bringen. Wirklich gerecht ist das auch nicht.

Wirklich gerecht wäre es, alle Positionen in der Gesellschaft auszulosen. In einer wirklich gerechten Gesellschaft wäre Kardinal Ratzinger womöglich beim Filderkrautfest die Spitzkrautkönigin geworden, was er sonst nie geschafft hätte. Losen wäre gerecht – aber würde es den Betroffenen Spaß machen? Ich weiß auch nicht, was aus all den Menschen werden soll, die, wie ich zum Beispiel, bei Verlosungen immer Pech haben. Ich nehme an, dass ich dann jedes Jahr Spitzkrautkönigin werde.

Und wer entscheidet darüber, ob ein Mensch bei den künftigen Wettbewerben im Quotentopf der Schönen, bei den weniger Schönen oder bei den Unschönen antreten darf? Schönheit ist ja, zum Glück, sehr stark Geschmackssache. Egal, wie du aussiehst, irgendwo da draußen ist jemand, dem du gefällst. Ich bin übrigens statt Schönheitskönig Journalist geworden. Am Journalismus fällt auf, dass Menschen, die keinen einzigen korrekten Satz zustande bringen, dort keine Chance haben. Dies ist der sogenannte Writismus. Wenn der Lookismus abgehakt ist, werden sie sich als Nächstes den Writismus vornehmen.

Terrorexperten

Als diese Sache mit dem verschwundenen malaysischen Flugzeug aktuell war, erhielt ich eine E-Mail. Sie kam von einem Nachrichtenmagazin im Fernsehen, welches *RTL Explosiv* heißt. Die Mail lautete so: »Wir planen einen Sonderbeitrag zum verschollenen Flug MH370. Wir haben bereits einen Piloten sowie eine Psychologin gefunden, die uns unterschiedliche Sichtweisen ermöglichen. Diese Expertenrunde würden wir gerne mit Ihnen als Terrorismusexperten abrunden. Es geht hierbei nicht darum, zu sagen, ja oder nein, das war ein Terroranschlag, sondern lediglich diese mögliche Variante zu beleuchten und von einem Experten einzuordnen. Die Gage für Ihren Einsatz würden wir telefonisch besprechen. Liebe Grüße aus Köln.«

Ich habe mich gefragt, wie RTL auf die Idee kommen könnte, dass ich ein Terrorexperte bin, der etwas abrunden, beleuchten oder gar einordnen kann. Dann erinnerte ich mich daran, dass ich mal eine Kolumne über Terrorexperten geschrieben habe, mit der Fragestellung, wie wird man so was, wo kann man in Terrorismus seinen Bachelor machen? Wenn man das Wort »Terrorexperte« googelt, taucht deshalb wahrscheinlich mein Name auf. Mir ist wieder mal klargeworden, wie schnell man in unserem Gesellschaftssystem in den falschen Verdacht gerät, von irgendwas Ahnung zu haben.

Ich habe mir *RTL Explosiv* im Internet angeschaut. Sie hatten einen Bericht über eine 103-Jährige, die ihre 68-jährige Tochter pflegt. Rollentausch in der Pflege, ein unterschätztes Problem im alternden Deutschland. Weil die Menschen immer älter werden, müssen Hochbetagte, die noch relativ fit sind, ihre inzwischen ebenfalls alten, aber nicht ganz so fitten Kinder pflegen. Ein anderer Bericht befasste sich mit dem Jobcenter in Zwickau. Da bieten sie Benimmkurse für Hartz-IV-Empfänger an, wo Hartz-IV-Empfänger Wörter wie »bitte« und »danke« lernen. Wenn der Arbeitslose den Job kriegt, soll er sagen: »Danke, das freut mich.« Er soll nicht sagen: »Fickt euch doch alle ins Knie.« Eine Bewerbungsexpertin beleuchtet dies mit den Worten: »Auf Höflichkeit legen die Arbeitgeber heutzutage viel Wert.« Das hätte ich an ihrer Stelle auch gesagt, Bewerbungsexpertin ist ein leichter Job. Es gibt aber auch kritische Stimmen, die Höflichkeitskurse als menschenunwürdig und spätkapitalistisch verurteilen. Es ist eine interessante Sendung.

In dem Beitrag über das verschwundene Flugzeug wurde die Frage gestellt: »Kann das in Deutschland auch passieren?« Immer wenn irgendwo etwas Schlimmes passiert, taucht meiner Erfahrung nach die Frage auf, ob diese schlimme Sache auch in Deutschland passieren könnte. Meistens ist dies möglich, bis auf zum Beispiel einen Ausbruch des Vesuv. Der Vesuv könnte in Deutschland nicht ausbrechen. Der Pilot, den sie als Experten engagiert hatten, stellte in seinem Flugzeug die Funksignale ab. Ergebnis: Das Flugzeug sendete keine Funksignale mehr. Es kann also auch in Deutschland passieren.

Vielleicht weil ich mich nicht gemeldet hatte, äußerte sich statt eines Terrorismusexperten ein Luftfahrtexperte. Er vertritt unter anderem die Ansicht: »Wenn man keine genauen Informationen hat, wird eine Suche schnell schwierig.« Ich habe mich geärgert, ich hätte nämlich genau das Gleiche gesagt. Für Expertenmeinungen kann man bis zu 1000 Euro Honorar bekommen. Dies wäre ein Tipp für alle Hartz-IV-Empfänger in Zwickau, werdet Hartz-IV-Experten. Aber man muss immer schön höflich bleiben dabei. Auf Höflichkeit legen die Zuschauer heutzutage viel Wert.

Prokrastination

Manche Leute denken, dass Kolumnisten aus einem inneren Drängen heraus Kolumnen schreiben, womöglich, um sich wichtigzumachen. Was mich betrifft: Ich tue es, weil es mein Beruf ist und meine Vorgesetzten mich dazu anhalten. Irgendwas muss man ja tun. Wer meine Kolumnen ärgerlich findet, kann mich zum Verstummen bringen, indem er mir einfach monatlich einen Geldbetrag zahlt, mit dem ich mein nicht etwa luxuriöses, sondern eher mittelklassemäßiges Leben fristen kann.

Wenn ich schreiben muss, dann nehme ich mir vor, zu einer bestimmten Uhrzeit anzufangen. Wenn diese Zeit gekommen ist, meistens um neun oder zehn, und ich sitze nicht im Büro, beginne ich, die Küche zu putzen. Danach checke ich meine Mails. Anschließend gehe ich einkaufen und räume auf.

Ich fühle mich dabei nicht gut. Ich weiß genau, dass ich diese Dinge nicht deshalb tue, weil sie unbedingt getan werden müssten. Ich mache das, um dem Schreiben aus dem Weg zu gehen. Inzwischen weiß ich, dass es für dieses Verhalten, das Verschieben, einen Fachbegriff gibt. Er heißt »Prokrastination«, auf Deutsch: Vermorgung. Es gibt unglaublich viel Fachliteratur darüber, weil es eine Zeiterscheinung ist. In dem Standardwerk von Eliyan M. Goldratt wird Prokrastination auch »das Studentensyndrom« genannt. Man hat Versagensängste, kurzfristig droht ein Misserfolgserlebnis, im Falle des Gelingens aber zahlt sich der Erfolg erst mittelfristig aus. Mit diesem Widerspruch hängt es irgendwie zusammen.

Betroffen sind angeblich 20 Prozent der deutschen Bevölkerung, in den USA 40 Prozent. Dort soll das demnächst als Krankheit oder Persönlichkeitsstörung anerkannt werden. Dann kann man, wenn man den Artikel nicht liefert, zum Arzt gehen und sich ein Attest geben lassen. Prokrastination ist das nächste große Ding der Psychoindustrie, das nächste ADHS. Literarisch haben sich bereits Kathrin Passig und Sascha Lobo sowie Max Goldt mit der Prokrastination auseinandergesetzt. Letzterem verdanke ich den Hinweis, dass man gewöhnliche Faulheit und das Krankheitsbild Prokrastination sehr leicht am morgendlichen Verhalten unterscheiden kann.

Wenn etwas Dringendes zu erledigen ist und der Wecker klingelt, dann bleibt der medizinisch unbedenkliche Faulpelz einfach liegen. Der Prokrastinationskranke dagegen steht auf. Aber er tut dann etwas völlig anderes als das, was getan werden müsste. Goldt zum Beispiel neigt dazu, nach dem Aufstehen Glühbirnen auszutauschen und das Fitnessstudio zu besuchen. Soziologisch gehört die Prokrastination zu der neuen Schicht »Prekariat«, Leuten, die keinen festen Job mit festen Bürozeiten haben und sich ihren Tag selbst einteilen müssen. In früheren Jahrhunderten gab es keine Prokrastination. Wenn jemand eine dringende Aufgabe, auf deren Erledigung ein Chef wartete, einfach ständig aufschob, wurde diese Person im Altertum ausgepeitscht, im Mittelalter geviertelt und im 19. Jahrhundert zur Zwangsarbeit auf die Teufelsinsel geschickt. Das Leben war unkomplizierter.

An der Uni Münster gibt es bereits eine »Prokrastinationsambulanz«, wo man sich behandeln lassen kann. Man soll die zu erledigende Aufgabe in kleine, realistische Schritte gliedern. Ich darf mir nicht vornehmen: »Ich schreibe jetzt was«, sondern: »Ich setze mich an den Computer und denke fünf Minuten nach.« Was mich interessiert, ist die Frage, ob ich, falls ich von der Prokrastination geheilt werde, je wieder die Küche putze oder aufräume. Vermutlich eher nicht. Und das wäre dann schon die nächste Krankheit, Messie-Syndrom.

Luxusprobleme

Ich widerlege mal schnell eine berühmte sozialpsychologische Theorie, die Maslowsche Bedürfnispyramide.

Angeblich haben Menschen fünf Stufen von Bedürfnissen. Zuerst, als Basis, will man Nahrung, Obdach und sauberes Trinkwasser. Dann will man Sicherheit, also keinen Krieg, festes Einkommen und so was. Familie, Freunde und Liebe bilden Stufe Nummer drei. Es folgen als Viertwichtigstes Status und Anerkennung, also Karriere. Stufe Nummer fünf heißt Selbstverwirklichung. Das habe ich alles, im Großen und Ganzen.

Falls Sie von mir Post bekommen und ich Ihnen darin rate, eine Diät zu machen, dann ignorieren Sie es einfach. Sie sehen okay aus. Falls ich Ihnen aber eine Einladung zu einer Sexparty schicke, dann ignorieren Sie dies bitte ebenfalls. Seien Sie nicht enttäuscht. Ich bin einfach nicht sehr gesellig und gehe selten zu Themenpartys, noch seltener veranstalte ich welche. Vor einiger Zeit ist mein Computer von einem Wurm, einem Trojaner oder einem Virus befallen worden, den Unterschied kenne ich nicht genau, und begann sofort damit, unter meinem Namen Werbung in alle Welt hinauszusenden, unter anderem für Kredite, für Rasendünger und für Präparate zur Stärkung der Manneskraft. Da habe ich mir eine neue E-Mail-Adresse besorgt.

Ich hatte diese neue E-Mail-Adresse. Am nächsten Tag funktionierte der Computer dann überhaupt nicht mehr. Der Wurm hat ihn getötet. Zum Glück habe ich noch den alten Laptop. Seltsamerweise verlangt der alte Laptop auf einmal eine Nummer von mir. Ohne die Eingabe dieser Nummer, IMP oder BTX, was weiß ich, will er nicht mit der Arbeit beginnen. Was ist das für eine Nummer? So was hat er früher nicht gemacht.

Da bin ich zum Auto gegangen. Es ist ein Cabrio. Seien Sie ruhig neidisch, das ist ja der Sinn der Sache. Das Cabriodach ging auf, aber nicht wieder zu. Ich fuhr zur Werkstatt. Die Reparatur kostete 1000 Euro. Am nächsten Tag holte ich das Auto wieder ab, bezahlte, klappte das Dach auf, aber es ging nicht wieder zu. Ich habe das kaputte Cabrio erst mal in die Garage gestellt und habe den Zug genommen. Das sind alles Luxusprobleme. Anderswo hungern die Menschen, oder sie kriegen Hartz IV. Ich beklage mich nicht. Es geht mir gut, bis auf den Hautausschlag. Das juckt die ganze Zeit. In der Sahelzone wären sie doch froh, wenn es sie nur jucken würde.

Im Zug habe ich das Handy liegen lassen. Ich habe jetzt keinen Computer mehr, kein Auto, kein Handy, ich habe ein Hautproblem, aber ich bin trotzdem eine Werbe-Ikone, weil mein Computer nach wie vor ununterbrochen zu Sexpartys einlädt. Um das neue Handy in Betrieb zu nehmen, müsste ich mit dem alten Handy eine SMS an das neue Handy schicken, nur so kann ich meine Telefonnummer behalten. Aber das alte Handy habe ich doch gar nicht mehr. Da fällt mir ein, dass ich all meine Telefonnummern verloren habe, die waren in dem alten Handy drin. Im Büro sagten sie: Hellmuth Karasek, als er noch bei uns arbeitete, hat jede Woche sein Handy verloren. Das machte ihm gar nichts aus, im Gegenteil: Er hat sofort ein Buch darüber geschrieben.

Eines habe ich noch vergessen: Ich habe meine Sonnenbrille verloren, mit Gleitsichtgläsern. Soll ich ein Buch schreiben über meine Sonnenbrille? *Die Sonnenbrille, die aus dem Fenster fiel und verschwand?* Das sind alles Luxusprobleme. Ich bin zum Wasserhahn gegangen. Mein Trinkwasser ist sauber. Ich habe aus dem Fenster geschaut: kein Krieg. Trotzdem habe ich das Gefühl, meine Bedürfnisse werden nicht erfüllt. Und zwar überhaupt nicht.

Böse Hunde

Vor einiger Zeit haben wir uns einen Hund angeschafft. Der Hund besitzt einen Migrationshintergrund. Er ist in Polen als Straßenhund aufgewachsen. Irgendwie landete er in einem brandenburgischen Tierheim.

Der Hund war von Anfang an lieb, sanft und gelehrig. Er ist sogar beinahe Vegetarier, Hüttenkäse mag er lieber als Fleisch. Er bellt fast nie. Aber nach einigen Tagen stellte sich heraus, dass er bissig ist. Er bekommt Wutanfälle, dann beißt er. Allerdings beißt er ausnahmslos große, stattliche Männer und Männer in Uniform. Wenn er einen großen, stattlichen Mann sieht, rastet er aus. Lautes, dominantes Verhalten macht ihn angriffslustig. Uniformen versetzen ihn in einen Blutrausch. Der Hund ist aus tiefstem Herzen Antimilitarist und gegen jede Form hegemonialer Männlichkeit. Ein einziges Mal hat er eine Frau gebissen, interessanterweise die polnische Putzfrau unserer Nachbarn.

Erst wollten wir den Hund wieder abgeben, aber wir mögen ihn und nehmen ihn, wie er ist. Kein Partner ist perfekt.

Wir haben viel Geld für mehrere Hundetherapeuten ausgegeben. Er beißt aber immer noch, am liebsten in den

Unterschenkel. Der Hundetherapeut sagt dazu: »Er würde gern in die Kehle beißen, aber er kann nicht so hoch springen. Deshalb beißt er in die Unterschenkel.«

Natürlich passen wir auf. Der Hund ist immer an der Leine, nur im Garten und in den menschenleeren Urwäldern der Uckermark darf er frei laufen. Sogar dort trägt er meistens Maulkorb. An die Gartentür habe ich ein Schild genagelt: »Vorsicht, bissiger Hund«. Das war kein gutes Gefühl.

Einmal ist der sehr stattliche Schornsteinfeger in den Garten gekommen, ohne zu klingeln. Da hat es der Hund zum ersten Mal bis zum Oberschenkel geschafft, knapp vorm Schritt. Vielleicht will er gar nicht an die Kehle? Die Versicherungssumme bei der Hundeversicherung habe ich auf fünf Millionen heraufgesetzt. Ich glaube, wenn der Hund Peter Altmaier oder Ottfried Fischer beißt, ist die Summe ausreichend. Er darf aber auf keinen Fall Elton John beißen, dann bin ich finanziell erledigt.

Wenn ich mit dem Hund spazieren gehe und er einen Maulkorb trägt, werde ich böse angeschaut und muss mir Bemerkungen anhören. Das arme Tier. Ich stehe da wie ein Tierquäler. Ich respektiere nicht die Autonomie, die Würde, das Karma und die Bedürfnisse des Hundes. Jeder denkt, dass ich den Hund böse gemacht habe. Wir sind jetzt ein Team, der böse Mann mit dem bösen Hund. Wenn ich aber den Maulkorb abmachen würde, und der feministische, antimilitaristische, vegetarische Hund beißt alle hegemonialen, großen und lauten Männer, die nicht bei drei auf den Bäumen sind, dann wäre das den Leuten garantiert auch nicht recht.

Ich habe, durch den Hund, gemerkt, dass ich eigentlich auch keine lauten, dominanten Männer mag. Vielleicht liegt es wirklich an mir. Der Hund will mir gefallen. Mein Unterbewusstsein kann mit dem Schwanz wedeln und frisst Hüttenkäse.

Viele Monate lang ist nichts passiert. Als ich bei Karstadt war, habe ich an einem Regal kurz CDs betrachtet, der Hund war an der Leine, ein großer, lauter Mann stellte sich neben uns, der Hund biss zu. Das dauerte nur zwei Sekunden, aber klar, mein Fehler.

Es gab einen Riesenauflauf. Ich habe gelogen. Ich habe gesagt, na so was, das macht der Hund sonst nie. Ich wollte mein Versagen vertuschen. Ich bin kein guter Mensch. Aber zumindest nicht hegemonial, das nicht, sonst wäre ich längst gebissen worden.

Politisches Engagement

Mir ist aufgefallen, dass auf den meisten Berliner Baustellen meistens die Arbeit ruht. Irgendwann kommen Männer in die Straße, wo man wohnt. Die Männer stellen Hütchen, Sperrgitter und Halteverbotsschilder auf, vielleicht laden sie auch noch einen Haufen Sand ab. Dann gehen die Männer wieder. In den folgenden Wochen passiert nichts. Das ist der Normalfall. In der Straße, wo man wohnt, gibt es dann zehn Parkplätze weniger.

Leute, die ihr Auto benutzen, brauchen nun in der Woche, zusammengerechnet, etwa zwei Stunden mehr für die Parkplatzsuche und eine Stunde mehr für den Fußweg zur Wohnung.

Ich finde das psychologisch und politisch interessant. In Berlin ist die SPD die größte Regierungspartei, der Verkehrssenator gehört ebenfalls zur SPD. Wenn die SPD erklären würde: »Ab sofort steigt die wöchentliche Arbeitszeit für alle arbeitenden Bürgerinnen und Bürger in der Metropole Berlin um drei Stunden« – das gäbe einen riesigen Aufruhr. Da würden viele sagen, es passt überhaupt nicht zu den politischen Traditionen der Arbeiterpartei SPD.

Wenn aber die Arbeitszeit durch die Errichtung von Baustellen um drei Stunden verlängert wird, nimmt der Mensch dies hin und sieht nicht die politischen Zusammenhänge. Übrigens werden die Besserverdienenden von der SPD-Baustellenpolitik weniger hart getroffen, weil sie Garagen haben.

Ein Mensch, den ich sehr gut kenne, kämpft gegen diesen sozialen Missstand. Immer wenn dieser Mensch, den ich sehr gut kenne, abends seinen Hund spazieren führt, montiert er an den verlassenen Baustellen die Halteverbotsschilder ab. Die Schilder sind meistens nur mit dünnen Plastikbändchen befestigt, Nagelschere genügt, oder sie stecken locker in einem Ständer. Jeder kann das machen. Wenn man die Schilder hinter einen Busch wirft oder in einen Container – was passiert dann? Die arbeitende Bevölkerung in der Straße hat wieder Parkplätze. Völlig legal. Dass dort vorher mal ein Schild stand, können die Menschen ja nicht ahnen. Und niemand merkt es, denn die Baustelle ist ja verlassen. Da lässt sich wochenlang keiner von der Baufirma oder der Stadt blicken.

Bei uns in der Gegend hat dieser Mensch bereits zwanzig Parkplätze befreit. Seit Wochen wird dort wieder lustig geparkt, ohne dass es irgendeiner Behörde aufgefallen wäre. Die Baustellen werden nur eingerichtet, weil Jahresende ist und weil die Stadt schlecht geplant hat und weil Finanzzuschüsse verfallen, sofern sie nicht zum Schein noch in diesem Jahr mit der Arbeit anfangen. Vor dem übernächsten Jahr wird da eh nix gebaut.

Ich möchte niemanden zu einer Straftat auffordern. Aber ich finde, die Parkplatzbefreiung ist ähnlich einzuschätzen wie früher die Hausbesetzungen. Es mag verboten sein, aber es ist ein legitimer Akt des Widerstands gegen ein Versagen der Politik.

Geschichten

Manchmal sprechen zerstrubbelte Menschen mich an und fragen: »Haste mal ein bisschen Kleingeld?« Dann erzählen sie ihre Geschichte. Wenn die Geschichte gut ist, gebe ich immer etwas.

Ich musste zu einer Untersuchung. Sie haben radioaktive Flüssigkeit in mich hineingespritzt. Danach musste ich in die Krankenhauskantine und sollte möglichst viel und möglichst fettig essen, das ist gut für die Radioaktivität. Anschließend wurde ich in eine Röhre geschoben. Das Ganze dauerte Stunden.

Das Krankenhaus ist riesig, viele Häuser, wie eine Stadt. Ich ging zum Parkhaus. Mein Auto sprang nicht an. Offenbar hatte ich vergessen, das Licht auszuschalten. Ich holte das Handy aus der Tasche. Mein Handy sprang ebenfalls nicht an. Offenbar hatte ich vergessen, das Handy aufzuladen. Ich war so sauer auf mich, wie ich nur selten auf einen Menschen sauer gewesen bin.

Ich habe den Pförtner gefragt, ob ich mal telefonieren darf. Der Pförtner sagte: Nein. Es gebe in der Haupthalle einen öffentlichen Münzfernsprecher. So hat er sich ausgedrückt. Das Telefon funktionierte auch mit Kreditkarten. Immer wenn ich die ADAC-Nummer eingegeben habe, meldete sich eine Stimme auf Englisch. Sie sagte: »*Please wait for the international operator.*« Operator? Vielleicht, weil es ein Krankenhaus ist. Der Operator aber meldete sich nie. Ich wollte es mit Kleingeld versuchen. Aber ich hatte nur einen Fünfzig-Euro-Schein. Ich ging zum Wechseln zum Kiosk. Ich habe die billigste Zeitung gekauft, den *Kurier*. Der Kioskmann sagte, nee, für den *Kurier* nehme ich doch keinen Fünfzig-Euro-Schein. Da habe ich Säfte gekauft für acht Euro.

Aber das Telefon weigerte sich, mich mit dem ADAC zu verbinden, es machte immer nur tut, tut, tut. Mit Telefonzellen kenne ich mich auch gar nicht mehr aus. Aber ich erreichte meinen Sohn. Mein Sohn rief beim ADAC an. Er sagte, dass ich eine Panne habe und dass ich in einem Parkhaus stehe. Die Frau vom ADAC antwortete, dass mein Sohn mich anrufen soll, ich solle mich vor das Parkhaus stellen, der Pannenhelfer würde nicht in dem Parkhaus nach mir suchen. Eigentlich verständlich. Mein Sohn antwortete, dass er mich im Moment leider nicht anrufen kann, aber da hatte die Frau schon aufgelegt.

In dem Parkhaus wurde es langsam Abend. Bald würden sie schließen.

Ich bin umhergelaufen und habe Säfte getrunken. Das war ganz schön dumm von mir, wenn ich schlau gewesen wäre, hätte ich mit meinen Säften vorm Parkhaus gestanden. Dann fiel mir ein, dass ich ein Taxi anhalten könnte. Draußen. Drei Taxifahrer sagten, dass sie so was nicht machen, Anspringhilfe. Ich soll den ADAC rufen, sagten sie. Ich bin zu dem großen Taxistand im Wedding gelaufen und habe mir den Taxifahrer ausgesucht, der am nettesten aussah. Für 30 Euro ist er in das Parkhaus gefahren, und das Auto sprang, mithilfe zweier Stromkabel, wieder an.

Als ich aus dem Parkhaus hinausfahren wollte, merkte ich, dass meine Parkkarte nicht mehr gültig war, ich hatte bezahlt, klar, aber das war Stunden her. Ich konnte den Motor aber nicht ausschalten, dann wäre das Auto wieder nicht angesprungen. Ich habe das Auto mit laufendem Motor und steckendem Zündschlüssel stehen lassen und habe zu Fuß einen Bezahlautomaten gesucht. Vor dem Automaten stellte ich fest, dass mein Kleingeld wieder nicht reichte, alles war fürs Telefonieren draufgegangen.

Ich habe einen Mann angesprochen und habe meine Geschichte erzählt. Ich sah sehr zerstrubbelt aus. Der Mann sagte: »Die Geschichte klingt gut.« Dann hat er für mich das Parkhaus bezahlt.

Toiletten in Kreuzberg

In Berlin-Kreuzberg sollen jetzt neben den Toiletten für Männer und Frauen auch öffentliche Toiletten für Menschen eingerichtet werden, die sich weder als Mann noch als Frau fühlen, also die Inter- und die Transsexuellen. Diese Maßnahme wurde auf Antrag der Piratenpartei von der SPD, den Grünen und den Linken im Bezirksparlament beschlossen. In den neuen Toiletten sollen sich auch neuartige Urinale befinden. Jedes Urinal wird mit einer Box umgeben, damit niemand sehen kann, was da im Einzelnen ausgepackt wird. Mir ist klar, dass Inter- und Transsexuelle sich in einer schwierigen Situation befinden und dass solche Menschen Anspruch auf Respekt und Toleranz haben. Warum man deswegen Toiletten umbauen muss, ist mir hingegen unklar.

Kann solch ein Mensch nicht einfach in die Toilette hineingehen, die seinem äußeren Erscheinungsbild am ehesten entspricht, dort eine Zelle betreten, abschließen und auf die ihm oder ihr gemäße Weise sein oder ihr Geschäft verrichten? Im Sitzen? Das ist doch gar nicht so schlimm, wenn man dabei sitzen muss. Bei mir ist es so: Ich bin, rein äußerlich, Mann. Wenn die Männertoilette kaputt war, bin ich immer auf der Frauentoilette gewesen. Ich darf sagen, dass die Frauen mir dort stets mit Respekt und Toleranz begegnet sind. Ich habe gelächelt und habe gesagt: »Tschuldigung. Das andere Klo ist kaputt.« Niemals sind mir indiskrete Fragen nach meiner sexuellen Identität gestellt worden. Frauen sind schon okay in solchen Situationen.

Lena Rohrbach, eine Politikerin der Piratenpartei, sagt dazu: Wenn ein Mensch auf eine Toilette gehen muss, die seiner sexuellen Identität nicht entspricht, dann wird ihm suggeriert, dass er eigentlich nicht existieren dürfte. Ich finde, solch ein Mensch sollte eher daran denken, dass die staatlichen Mittel zum Bau von Toiletten begrenzt sind. Es ist kein persönlicher Angriff, es ist nur eine Etatfrage. Was kostet es denn, zu sagen: »Das andere Klo ist kaputt«? Diese kleine Notlüge würde doch nur zeigen, dass die Inter- und Transsexuellen Respekt und Toleranz für die Lage der kommunalen Haushalte aufbringen. Von Kennedy kennt jeder den Spruch: »Frage nicht, was dein Land für dich tun kann. Frage, was du für dein Land tun kannst.« Das, was die deutschen Inter- und Transsexuellen für ihr Land tun können, lässt sich am besten in dem Satz »Das andere Klo ist kaputt« zusammenfassen.

Ich habe auch schon über meine sexuelle Identität gelogen. In Israel habe ich als junger Mensch immer gesagt, ich sei ein Schweizer Jude, weil man auf diesem Ticket leichter eine israelische Freundin bekommen hat. Ich war ein Kryptosexueller. Da habe ich nie gedacht, dass ich als Deutscher eigentlich nicht existieren dürfte, im Gegenteil, ich fand das super. Man kann es auch schlecht kontrollieren. Wenn ein Typ in das Intersexuellenklo hineingeht und sagt: »Ich fühle mich als Frau« – wer soll das überprüfen? Und wie? Die Geschlechtsorgane geben ja nicht immer darüber Aufschluss, wie ein Mensch sich fühlt. Man müsste eine Sexualkennkarte einführen, damit sich keiner, wie ich damals, eine Toleranz erschleichen kann, die ihm nicht zusteht.

Bei der Piratenpartei ist es so, dass die Toiletten in der Geschäftsstelle gar nicht mehr gekennzeichnet werden, es gibt eine Toilette mit und eine Toilette ohne Urinal, und welche man benutzen möchte, stehend oder sitzend, soll man spielerisch ausprobieren. Das kommt mir unhygienisch vor. Aber ich will wirklich niemandes Gefühle verletzen.

Andere Meinungen

Nach meiner Erfahrung reagieren viele Menschen sehr aufgeregt auf Meinungen, die sich mit ihrer eigenen Meinung nicht decken. Ich weiß das, weil ich zu fast jeder Kolumne ein paar Briefe bekomme, in denen mir, auf die eine oder andere Weise, die Pest an den Hals gewünscht wird.

Widerspruch ist normal – aber warum werden manche Leute so wütend? Mich wundert das. Denn ein Artikel, sei er auch noch so dumm oder sein Inhalt noch so verwerflich, ändert ja nicht die Welt. Gar nichts ändert sich, im Normalfall. Es droht keine Gefahr. Dass viele Leute in vielen Punkten anderer Ansicht sind als man selbst, weiß man doch. Es können trotzdem prima Leute sein.

Man kann wahrscheinlich sowieso keine zwei Menschen auf der Welt finden, die in allen Fragen des Daseins exakt einer Meinung sind. Alte Ehepaare, nach fünfzig Jahren weitgehend harmonischen Zusammenseins, können über einen politischen Firlefanz unterschiedlicher Ansicht sein. Warum die Aufregung?

Der Schweizer Unternehmer und Autor Rolf Dobelli hat die drei typischen Reaktionen auf abweichendes Denken beschrieben: die Ignoranzannahme, die Idiotieannahme und die Bosheitsannahme. Bei der Ignoranzannahme vermuten wir, dass der oder die andere einfach nicht informiert ist. Ihm fehlen wichtige Informationen. Wir müssen ihn nur aufklären, dann wird er sehr bald unsere Meinung teilen. Die Idiotieannahme geht davon aus, dass der andere einfach nur dumm ist, ein Depp. Er kapiert es halt nicht. Die Bosheitsannahme beruht auf der Vermutung, dass der andere wider besseres Wissen die Unwahrheit sagt, vielleicht weil er seine Interessen schützen will oder aus anderen finsteren Absichten. Im Grunde weiß der andere genau, dass ich recht habe, er gibt es nur nicht zu.

Dobelli vermutet die Ursache des Problems in der Tatsache, dass wir nur in uns selbst hineinblicken können, in die anderen aber nicht. Wir schauen also in uns hinein und stellen erfreut fest, dass wir nicht allzu dumm sind, nicht wirklich böse und recht gut informiert über Themen, zu denen wir uns äußern. Nur von uns selbst wissen wir es ganz genau. Folglich müssen wir recht haben. Unserer eigenen Meinungsfindung vertrauen wir. Bei allen anderen sind wir misstrauisch.

Leider ist es aber so – man leidet wie ein Hund, wenn man daran denkt –, dass andere Leute unvernünftige, schädliche oder kuriose Ansichten haben können, obwohl sie ähnlich intelligent, ähnlich moralisch hochstehend und sogar ähnlich informiert sind wie man selbst. Womöglich hängt es mit ihren Lebenserfahrungen zusammen, mit den verdammten Hormonen oder mit ihrem Umfeld, oder im Gehirn sind die Synapsen anders gelagert. Die denken irgendwie anders. Dass nicht alle genauso denken wie man selbst, bleibt ein Ärgernis, welches nur vom Wetter, von der Endlichkeit des Lebens und von der Deutschen Bahn übertroffen wird.

Die E-Zigarette

Bei der Wahl zum »Unwort des Jahres« landete das Unwort »Gutmensch« auf Platz zwei. Begründung: Es sei doch wunderbar, wenn ein Mensch gut ist oder die Welt besser machen will. Das Wort »gut« zu diskriminieren sei böse. Ich nehme mir die Freiheit, das Unwort weiterhin zu verwenden. Ich möchte es jetzt sogar, aus Trotz, öfter verwenden. Gutmensch. Gutmensch. Gutmensch.

Wie gesagt, ich rauche immer noch. Warum? Weil Nikotin mein Gehirn erregt und weil ich das gernhabe. Andererseits, wie der frühere Bundespräsident Wulff, der so gern »man« sagt, es ausdrücken würde: Sterben möchte man auch nicht. Am liebsten möchte man mit erregtem Gehirn uralt werden, wie Helmut Schmidt.

Jetzt habe ich mir die E-Zigarette im Internet bestellt. Eine elektrische Zigarette besteht aus etwa so vielen Einzelteilen wie das Ikearegal Blöresund II. Sie ist auch ähnlich schwierig zusammenzubauen. Zuerst lädt man den Akku der Zigarette an der Steckdose auf, wie ein Handy. Dann schraubt man die Teile zusammen, Mundstück, Zerstäuber, Batterie, Reservoir. Wenn man am Mundstück zieht, geht die Zigarette automatisch an, vorne leuchtet ein blaues Licht. Das Plastikteil im Mund schmeckt ähnlich wie ein Thermometer, es ist ein Gefühl wie beim Fiebermessen. Die Zigarette muss waagerecht gehalten werden, sonst läuft die Flüssigkeit aus dem Reservoir in den Mund hinein. Ob ich es richtig mache, weiß ich nicht, ich kenne keinen E-Raucher. Mir fehlt ein Rollenmodell.

Ich tue dies, weil die E-Zigarette mich angeblich lediglich mit Nikotin versorgt, sie verschmutzt die Lunge angeblich nicht mit Teer, und der Rauch besteht angeblich hauptsächlich aus harmlosem Wasserdampf. Nikotin aber ist ein gesundheitlich relativ unbedenklicher Stoff, solange man es nicht übertreibt. Übertreibung ist sowieso immer schlecht. Wer zu viel Obst isst, stirbt an Obstvergiftung. Wer morgens, mittags und abends zum Yoga rennt, vernachlässigt wegen Yogasucht die sozialen Kontakte und wird schwachsinnig. Ein bisschen Nikotin dagegen: super.

In Berlin ist die E-Zigarette verboten. Dies ist unter anderem das Werk des Aktivisten Johannes Spatz, der verlangt, dass Zigaretten nur gegen Rezept in Apotheken abgegeben werden, und dessen Organisation »Forum Rauchfrei« Händler anzeigt, die E-Zigaretten anbieten.

Erstens sei die E-Zigarette nicht dazu geeignet, sich das Rauchen abzugewöhnen. Dazu sage ich: Ich will das ja auch gar nicht. Zweitens sei die E-Zigarette nicht restlos erforscht, es sei nicht auszuschließen, dass sie vielleicht doch irgendwie schädlich ist. Dazu sage ich: Wenn nur noch Dinge erlaubt sind, die garantiert niemandem schaden, dann wird menschliches Leben auf diesem Planeten unmöglich. Jährlich sterben Hunderte beim Sex, der muss auch dringend verboten werden. Oder man darf es nur noch mit dem Apotheker machen.

Was geht diesen Herrn Spatz überhaupt mein Verhalten an? Wieso lässt er mich nicht in Ruhe, solange ich ihn nicht belästige und ihm keinen Rauch in seine edle Seele blase? Und bleiben Sie mir bloß weg mit dem Argument, dass die Allgemeinheit für die Krankheiten der Raucher bezahle. Sie sterben früher und entlasten so die Rentenkasse. Vor allem will ich selber entscheiden, es ist mein Leben, mein Risiko, nicht das von Johannes Spatz. Und nun will ich mein Risiko vermindern, aber dieser Tugend-Satan, dieses Väterchen Stalin der Gesundheit, möchte mich daran hindern. Gutsein ist, wie alles, eine Frage der Dosis, wenn man es übertreibt, wird es totalitär. Da sage ich: Gutmensch, Gutmensch, Gutmensch.

Die EU

Demnächst sollen in der EU die Mentholzigaretten verboten werden, wie Helmut Schmidt sie raucht. Sind Mentholzigaretten schädlicher als Zigaretten ohne Menthol? Nein. Außerdem will die EU alle Zigaretten verbieten, die einen Durchmesser von weniger als 7,5 Millimetern besitzen. Und auf allen Päckchen werden Horrorbilder von kranken Menschen zu sehen sein. Die Begründung lässt sich in folgendem Satz zusammenfassen: Rauchen ist unvernünftig.

Meiner Ansicht nach steckt hinter solchen Maßnahmen ein neues Verständnis vom Staat und seinen Aufgaben. Der Staat ist ein Erzieher. Er soll nicht nur das Zusammenleben regeln, nein, er vertritt eine Idee vom richtigen Leben. Bisher war so was eher die Spezialität von Diktaturen. Dass Zigaretten nicht insgesamt verboten werden, hängt damit zusammen, dass der Staat die Steuereinnahmen natürlich behalten möchte. Erzieher sind oft ein bisschen inkonsequent, das weiß ich aus eigener Erfahrung. Wir haben unserem Kind zum Beispiel manchmal einen Schnuller gegeben, obwohl es nicht gut ist für die Zähne. Wir wollten einfach unsere

Ruhe haben. Die Zähne des Kindes waren dann übrigens trotzdem ganz hübsch.

Ich trete hiermit aus der EU aus. Ich will das nicht mehr. Diese Leute, die mir ständig Vorschriften machen, kann ich ja nicht mal abwählen. Ich möchte auch in Zukunft die Freiheit besitzen, nachts im Wald spazieren zu gehen, obwohl das gefährlich sein kann. Ich will auch in Zukunft Wollsocken ohne rutschfeste Noppen tragen dürfen. Ich will weit aufs Meer hinausschwimmen, wenn ich Lust dazu habe. Ich fordere die Freiheit, drei Nächte hintereinander durchzumachen, jawohl, ich will tanzen, egal, was mein Kreislauf dazu sagt. Ich bin gegen die Holzspielzeugquote in Kindergärten, die vom *Spiegel* als nächste mögliche Maßnahme der EU ins Gespräch gebracht wurde. Ich will Fett essen und Zucker, so viel ich will. Ich will, wenn niemand in der Nähe ist, stundenlang schreien dürfen, so lange, bis meine Stimmbänder reißen. Ich will nicht, dass die verfluchte EU morgen den Riesling verbietet, und nur der Müller-Thurgau bleibt erlaubt. Ich will Kaffee trinken, morgens, mittags, und abends dann Tee. Ich will, falls ich morgen so drauf bin, mich von meiner Partnerin auspeitschen lassen, oder sie hängt mich an den Zehen auf. Es sind meine Fußzehen, die gehen die EU einen Dreck an. Ich will leben, und zwar so, wie ich will und kann, verdammt noch mal. Wenn ich euch belästige, dann nehme ich Rücksicht. Der Rest ist meine Sache.

Ach so, ihr fragt nach den Kosten? Ihr sagt, ihr wollt nicht bezahlen für die Krankheiten, die ich mir in Ausübung meiner Freiheit eventuell zuziehe? Fragt ihr das bei den Armen eigentlich auch, ob sie aus eigenem Verschulden Hartz IV beantragen müssen, ob sie vielleicht unvernünftig waren? Aber seid beruhigt, je früher einer stirbt, desto billiger wird es für die Allgemeinheit. Freiheit und Risiko sind billig, teuer sind die Hundertjährigen.

Übrigens, wenn Sie Ihr Geld fürs Alter sicher und vernünftig investieren möchten, hätte ich einen Tipp: Suchen Sie sich eine Firma aus, die Überstülp-Boxen für Zigarettenschachteln herstellt, oder Lederhüllen, oder die guten alten Zigarettenetuis. In Australien haben sie kürzlich die Horrorpackungen für Zigaretten eingeführt, seitdem boomt diese Branche. Man kann sich über die Horrorpackung ganz einfach eine Box mit dem alten Marlboro-Cover drüberstülpen, fertig. Und für Typen wie Helmut Schmidt schmuggele ich gerne persönlich illegale Mentholzigaretten über die Schweizer Grenze.

Ein Leserbrief

Lieber Wolfgang S., Sie haben mir einen Brief zu meinem Kommentar zur EU geschrieben. Ich bekomme viele Briefe, meist nette. Leider kann ich nicht alle beantworten. Ihr Brief aber ist so eigenwillig in seinem Ton, dass ich darauf reagieren muss. Sie schreiben: »Ihr jahrelanger Zigarettenkonsum hat Ihnen Ihr Hirn vernebelt. Ihre persönliche Meinung zur EU hat auf diese völlig ausrastende und somit indiskutable Art den Höhepunkt erreicht. Diesen primitivsten Stil einer Kolumne will ich im *ZEIT-Magazin* nicht haben. Sie sind sehr krank und brauchen einen Psychotherapeuten.«

Lassen Sie uns nicht darum herumreden, Wolfgang: Ihr Brief ist ein wenig grob. Sie sind wütend und möchten mir wehtun, nicht wahr? Ihr Hinweis auf mein Laster, das Rauchen, lässt allerdings erkennen, dass Sie meine Kolumne trotz Ihres Ärgers regelmäßig lesen. Ihr Rat, ich solle einen Arzt aufsuchen, zeigt mir, dass Sie die Hoffnung in mich, trotz allem, nicht ganz aufgegeben haben. Das freut mich. Ob ein Psychotherapeut wirklich in der Lage ist, die Meinung seiner Patienten zu europapolitischen Fragen zu beeinflussen, weiß ich nicht.

Was habe ich überhaupt zur EU geschrieben? Ehrlich gesagt, ich erinnere mich nicht genau. Was Sie an meinen Ansichten so wütend macht und den Wunsch auslöst, mir Schmerz zuzufügen, sagen Sie mir ja leider nicht. Das sollten Sie beim nächsten Mal, wenn Sie jemandem schreiben, unbedingt tun, Wolfgang. Wenn ein Mensch Sie ärgert, sagen Sie nicht: »Du bist ein Depp und ärgerst mich.« Damit kann der andere nichts anfangen. Sagen Sie: »Aus dem und dem Grund bist Du ein Depp, dies und jenes ärgert mich an Dir.« So wird Dialog möglich. Wie soll der Depp seinen Fehler denn einsehen, wenn Sie ihm gar nicht erklären, warum er ein Depp ist?

Versuchen Sie, immer nur in gelassenem Seelenzustand zu schreiben. Ich weiß, das ist leichter gesagt als getan. Aber Sie sind doch mit Ihrer Frau nach Santiago de Compostela gewandert, Ihr sehr schönes Tagebuch mit den tollen Fotos steht im Internet. Sie müssen ein spiritueller Mensch sein. Denken Sie an die meditierenden Mönche auf den Pilgerpfaden des Mittelalters. Was haben diese Menschen nicht alles erduldet, Hunger, Verfolgung, sogar Folter, und doch haben sie ihre Gelassenheit nicht verloren. Das können Sie auch, Wolfgang. Es ist doch nur eine Kolumne.

Ich möchte nicht belehrend wirken, aber, schauen Sie, man kann unmöglich irgendeine Meinung äußern, zur EU, zur Frauenfrage, zur Rasenpflege, was auch immer, ohne dass andere Menschen gegenteiliger Ansicht sind. Das müssen wir aushalten, Sie, ich, der EU-Kommissar, jedes vernunftbegabte Geschöpf muss das aushalten. Die Menschen denken und empfinden so unterschiedlich – liegt nicht gerade darin, in dieser Verschiedenheit, ein wunderbarer Reichtum? Eine Lösung bestünde allenfalls darin, dass wir einander unser Leben lang anschweigen.

Ich mache, in meiner Kolumne, nur Vorschläge, fehlerhafte, unvollkommene Vorschläge, gewiss. Ich bin ein Staubkorn im Kosmos. Seien Sie unbesorgt, die Gefahr, dass meine Ideen von irgendwem sofort in die Tat umgesetzt werden, ist sehr gering. Vielleicht treffen wir einander einmal und können unsere interessante Konversation fortsetzen. Auch ich wandere gern. Nur in einem Detail muss ich Ihnen, mit allem Respekt, widersprechen, mein Freund. Nikotin hat, den Verstand betreffend, keine vernebelnde, sondern eine eher anregende Wirkung. Deshalb fällt es mir so schwer, dieses Laster aufzugeben.

Maxim Biller

Falls Sie zufällig Buchautor sind und ein Thema suchen: Das Thema ist egal. Man kann aus jedem Thema ein gutes oder ein schlechtes Buch machen. Dafür gibt es Tausende Beispiele. Schreiben Sie halt einen Roman über einen Mann, der einen Keks in eine Tasse Tee taucht. Oder über jemanden, der sich in einen Käfer verwandelt.

Der Schriftsteller und Kolumnist Maxim Biller hat in der *ZEIT* geschrieben, dass die deutschsprachige Gegenwartsliteratur nichts tauge. Sie sei kraftlos, sie behandele die falschen Themen, die Autoren mit Migrationshintergrund würden meistens nur »Onkel-Tom-Literatur« verfassen. Dies ist eine Anspielung auf den Roman *Onkel Toms Hütte*, der einiges zur Abschaffung der Sklaverei in den USA beigetragen hat.

Ich habe zuerst gedacht, der Text von Biller sei ein Beitrag zum Karneval. Was ist der Mann noch mal gleich von Beruf? Schriftsteller? Wer hindert ihn eigentlich daran, der deutschsprachigen Literatur zu dem von ihm vermissten Weltrang zu verhelfen? Wenn ein Tischlermeister sagt, in unserem Land gibt es keine guten Tische mehr, die Beine sind immer schief, würde ich ihn auch dazu ermuntern, einen guten Tisch zu bauen und auf diese Weise den anderen zu zeigen, wie man es macht.

Wo ist denn eigentlich, hätte Marcel Reich-Ranicki vermutlich gefragt, der große Roman von Maxim Biller, das Werk, von dem man sagen könnte, es wird ihn überleben? Irgendwas, das man mit den Büchern von Wolfgang Herrndorf, Daniel Kehlmann oder Uwe Tellkamp vergleichen könnte? Da ist nichts. Und dabei geht er schon auf die sechzig zu und schreibt seit Jahrzehnten. Das Werk von Maxim Biller besteht hauptsächlich aus hübschem Kleinkram, der von dem, was er die »Rezensions-Nomenklatura« nennt, meistens extrem freundlich aufgenommen wird. Es ist ja auch hübsch. Ein bisschen kraftlos vielleicht, aber hübsch. Vor etwa fünfzehn Jahren hat Maxim Biller schon mal fast das Gleiche über die deutsche Literatur geschrieben, da nannte er das, was in Deutschland geschrieben wird, »Schlappschwanz-Literatur«. Seitdem wartet die Welt vergeblich auf seine Erektion.

Sein größter literarischer Erfolg war, dass der *New Yorker* mal zwei Kurzgeschichten von ihm gedruckt hat, aber das ist auch schon Jahre her. Schon klar, nicht jeder Fußballer kann ein Maradona sein. Aber wenn der Ersatzstürmer des FC Augsburg aufsteht und Mesut Özil vorwirft, er spiele Onkel-Tom-Fußball, macht der arme Kerl sich lächerlich.

Die deutschen Kritiker, Verleger, Lektoren und Buchhändler, schreibt Biller, seien die »Enkel von Nazisoldaten«, eine »raffinierte Machtmaschine«, die, offenbar ganz im ererbten Geiste ihrer Großväter, gute Literatur unterdrücke. Ich habe gelernt, dass Intelligenz nicht vererbt wird, dass Geschlecht nicht vererbt wird, eigentlich wird gar nichts vererbt, das ist alles nach der heute gängigen Meinung anerzogen, mit einer einzigen Ausnahme, und die heißt Nazigesinnung. Nazitum ist als einzige Eigenschaft erblich, eine wirklich verrückte Laune der Natur.

In fünfzehn Jahren, wenn Maxim Biller seinen Text zum dritten Mal veröffentlicht, wird er es allerdings an den Schaltstellen des Literaturbetriebs schon mit den »Urenkeln der Nazisoldaten« zu tun haben. In spätestens vierzig Jahren haben dann die »Ururenkel der Nazisoldaten« ihre Knobelbecher angezogen und lektorieren jedes gute Buch kurz und klein, vor allem die Kinderbücher, mit deren Hilfe die Horrorgeneration der Nazi-Urururenkel großgezogen wird.

Christian Kracht und Roberto Blanco

Neulich las ich eine Literaturkritik über den neuen Roman des recht bekannten Autors Christian Kracht. Ich bin kein Fan. Aber als ich in der Kritik las, er sei nicht nur recht bekannt, sondern auch rechtsradikal, spürte ich in mir eine Welle der Solidarität. Zum Beweis für Krachts Rechtsradikalität wurden lang und breit Äußerungen von jemandem angeführt, mit dem Kracht korrespondiert. Nach dieser Definition wäre Gandhi ein Nazi gewesen. Gandhi hat Briefe an Hitler geschrieben.

Daraufhin kam mir der Gedanke, dass man jeder in Deutschland lebenden Person nachweisen kann, er oder sie sei ein Nazi-Sympathisant, vorausgesetzt, man verfügt über ein gewisses Maß an argumentativer Entschlossenheit. Ich fragte einen Kollegen: »Welcher Deutsche ist völlig unverdächtig, Nazi zu sein?« Er sagte: »Richard von Weizsäcker.« Nun, Weizsäckers Vater war ein SS-Führer, er selber war Fähnleinführer, und er hat in seiner berühmten Rede zum 8. Mai gesagt: »Vor allem verpflichte ich die Führung der Nation zur peinlichen Einhaltung der Rassegesetze.« Das war zwar ein Zitat, welches Weizsäcker Hitlers Testament entnommen hat, und ist ein bisschen aus dem Zusammenhang gerissen, aber diese Methode scheint ja erlaubt zu sein.

Der Kollege überlegte erneut und sagte: »Alice Schwarzer.« Nun, Alice Schwarzer vertritt beinhart das Führerprinzip: »Ich bin, mit Verlaub, nicht abzusetzen.« Sie befürwortet Gewalt: »Gewalt ist für Frauen kein Tabu mehr.« Außenpolitisch liegt sie voll auf Hitler-Kurs: »Wir wollen die Hälfte der Welt.«

Der dritte Vorschlag lautete: »Roberto Blanco.« Dies schien die erste echte Herausforderung zu sein. Der Sänger Roberto Blanco ist nicht nur dunkelhäutig und hat einen Migrationshintergrund, er versucht auch, jede politische Äußerung zu vermeiden. Politik ist für einen Schlagersänger geschäftsschädigend. Aber als ich dann recherchierte, bin ich in ein rechtes Wespennest getreten. Roberto Blanco lässt Verständnis für Thilo Sarrazin erkennen, über dessen Buch äußerte er: »Es ist manchmal schwer, die Wahrheit zu sagen« (Quelle: *Ruhr-Nachrichten*, September 2010). Er gesteht den Migranten nicht zu, ihre eigene Kultur zu pflegen: »Alle, die nach Deutschland kommen, müssen ... das Land und seine Kultur so respektieren, wie es ist« (*Main-Post*, Juli 2011). Den Rassismus in Deutschland leugnet er einfach: »Erlebt habe ich Rassismus noch nie. Meine Hautfarbe hat mir sehr geholfen« (*Die Welt*, 2006). Seine Hochzeit hat er am 29. April gefeiert, am gleichen Tag wie Adolf Hitler und Eva Braun. Zufall? An Zufall kann nur glauben, wer den Refrain des Roberto-Blanco-Hits *Ein himmelblaues Motorrad* nicht kennt: »Ich kaufe mir ein himmelblaues Motorrad und suche mir dazu die rechte Braut.«

Auffällig sind auch Roberto Blancos wiederholte Bekenntnisse zu München, der sogenannten »Hauptstadt der Bewegung«. Blanco wurde von Rudi Carrell außerdem folgendes Zitat zugeschrieben: »In München möchte jede vierte Frau mit mir schlafen. Die anderen drei haben es schon getan.« Blanco ist bei einem Heavy-Metal-Festival aufgetreten, in Wacken. Am selben Ort trat – zufällig? – auch die Band Varg auf, die einige Musikkritiker für rechtsextrem halten. Blancos bezeichnender Kommentar, auf *news.de*: »Ich habe viel Spaß gehabt.« Roberto Blanco ist der Christian Kracht der Musik.

Ich biete an, für einen angemessenen Ehrensold jeder beliebigen Person rechtsradikale Tendenzen nachzuweisen, zum Beispiel einem Chef, den man hasst, oder einem Ex-Liebhaber. Ich nehme alle, auch Margot Käßmann, Jogi Löw oder Michel Friedman.

Sibylle Berg und Günter Grass

Klar, ich schreibe nicht nur, ich lese auch. Zum Beispiel hin und wieder die Kolumnen auf *Spiegel Online*. Dort äußert sich regelmäßig die Schriftstellerin Sibylle Berg. Auch zu Günter Grass hat sie etwas geschrieben: »Dieses Rätsel, wie Männer es immer wieder schaffen, an die Spitze zu kommen, allein weil sie es eben wollen. Im Fall Grass ist es weder die künstlerische Leistung noch die bestechende Intelligenz, die ihn so weit brachte.«

Ja, sicher, ohne ein gewisses Maß an Willen macht kein Mensch Karriere, egal in welchem Beruf, egal ob Mann oder Frau. Was ist daran rätselhaft oder kritikwürdig? Es wäre doch geradezu menschenfeindlich, Spitzenpositionen zwangsweise mit Personen zu besetzen, die gar keine Spitzenposition haben wollen. Was ich ein bisschen unappetitlich finde, ist die Tatsache, dass Frau Berg Günter Grass eine »künstlerische Leistung« sowie »Intelligenz« abspricht. Selbst wenn man *Die Blechtrommel* für ein schlechtes Buch hält, muss man einräumen, dass es sich um einen mit dem Nobelpreis gekrönten Weltbestseller handelt. Wer behauptet, das könne jeder Depp schaffen, der oder die soll es halt einfach mal nachmachen.

Weiter im Text: »In der Welt der Männer langt es vermutlich, das Kinn nach vorne zu schieben, den Gegner beiseite zu walzen, nicht zuzuhören, keine Rücksicht auf Verluste ... Eine Strategie, die keiner Frau einfiele, wage ich zu behaupten ... Männer würden nie auf die Idee kommen, einer Autorin oder Philosophin den Spitzenplatz einzuräumen ... Langt es doch, dass sie sich durch den Anblick der Frau ständig an die Peinlichkeit der eigenen Geburt erinnern lassen müssen.«

Ich wage zu behaupten, dass man über »die Frauen« nicht in dieser Tonlage schreiben dürfte, jedenfalls nicht in einem deutschen Mainstream-Medium. Ich möchte hinzufügen: Zum Glück. »In der Welt der Frauen langt es vermutlich, mit der Hüfte zu wackeln und über die bösen Männer zu jammern« – nein, so was ist einfach nur unintelligent und voller Ressentiment. Mag sein, dass die Männer einer Frau wie Sibylle Berg nicht »den Spitzenplatz einräumen« – Wie geht das eigentlich bei Autoren? Per Akklamation? –, aber zum Ausgleich darf sie immerhin im *Spiegel* ein Zeug veröffentlichen, das man keinem Mann abkaufen würde. Das ist doch auch schon mal eine nette Geste.

Wer tatsächlich glaubt, die Kunst des Niederwalzens sei nur den Männern gegeben, möge sich einfach ein paar alte Talkshows mit meiner verehrten Freundin Alice Schwarzer, mit Désirée Nick oder mit der schwäbischen Schwertgosch Herta Däubler-Gmelin anschauen. Es gehört für mich zu den Rätseln der feministischen Theorie, wieso die Geschlechtsunterschiede einerseits gesellschaftlich bedingt sein sollen, andererseits aber Frauen, wenn sie in der gleichen gesellschaftlichen Position sind wie Männer, als Chefin sich angeblich anders verhalten, weiblich, was dann ja nur biologisch bedingt sein kann. In puncto Logik ist der Feminismus manchmal auf etwa dem gleichen Level wie der Islamismus.

Kein Mann kommt auf die Idee, einer Frau den Spitzenplatz einzuräumen? Ich muss uns mal loben. In der Geschichte hat kaum je eine soziale Gruppe einen Teil ihrer Macht freiwillig abgegeben. Die Frauenquoten aber werden fast überall gegen relativ geringen männlichen Widerstand eingeführt. Wenn aber ein Mann eine Frau betrachtet, dann denkt er mal an dieses, mal an jenes, aber er denkt, verehrte Frau Berg, so gut wie nie an die Peinlichkeit seiner eigenen Geburt. Meine Geburt war übrigens total schön, ich denke da gerne dran.

Fußball

Ich finde, Frauen darf man nicht diskriminieren. Seit Jahren sage ich das, wieder und wieder. Die Frauen-Fußball-WM aber war die schlimmste Frauendiskriminierung, die ich seit Konrad Adenauer erlebt habe.

Bei jeder Männer-Meisterschaft gibt es in sämtlichen Postillen lustige Glossen, in denen man über die WM lästert und über einzelne Spieler. Fußballspieler sind lustig. Im Fernsehen zeigen sie gern in Zeitlupe, wie Fußballspieler auf dem Platz lustige Dinge tun. Nichts davon bei den Frauen. Wenn ein Männerspiel schlecht ist, sagt der Kommentator: »Ein grottenschlechter Kick. Fußball zum Abgewöhnen.« Wenn aber ein Frauenspiel unterirdisch schlecht ist, äußert sich der Kommentator so: »Es ist wirklich erstaunlich, welche Fortschritte der Frauenfußball in den letzten Jahren gemacht hat.«

Es existieren meines Wissens nur noch zwei Sportarten, die lediglich für ein einziges Gender erlaubt sind, sie heißen »Rhythmische Sportgymnastik« und »Synchronschwimmen«. Es gibt offiziell kein Synchronschwimmen der Männer. Der deutsche Verband lässt Männer, die unbedingt wollen, großzügig an den Wettkämpfen teilnehmen, die Erfolge sind überschaubar. Ich glaube, die ersten offiziell zugelassenen Synchronschwimmer werden eines Tages das Gleiche durchmachen wie die ersten Fußballerinnen. Sie werden schlechtere Gagen bekommen als die Frauen. Sie müssen Bikini tragen. Der Synchronschwimmerinnenverband wird versuchen, es zu verbieten. Es wird heißen, alle Synchronschwimmer seien homosexuell. Vielleicht müssen sie sich für eine Frauenzeitschrift ausziehen, um zu beweisen, dass sie echte Männer sind, was immer man darunter versteht.

Die Kommentatorin wird aber sagen: »Wirklich erstaunlich, wie elegant diese Männer sich im Wasser bewegen.«

Man darf nicht vergleichen. Vergleiche sind unfair. Wahrscheinlich schreiben sie es ins Grundgesetz. Wer Frauenfußball mit Männerfußball vergleicht und damit die sogenannte Frauenfußball-Lüge verbreitet, bekommt Ärger mit dem Verfassungsschutz. Vergleicht man Kaufbeuren mit Paris oder den Kleinen Arber mit dem Nanga Parbat? Unfair! Aber jeder, der nacheinander in Kaufbeuren und in Paris gewesen ist, tut es.

In einem Interview sagt die Schauspielerin Minh-Khai Phan-Thi, dass sie den Frauenfußball langsam und deshalb langweilig findet. Zugleich ist sie sich darüber im Klaren, dass dies nur ein Vorurteil sein kann. Sie arbeitet an sich. Man denkt bloß, es sei langsam, obwohl es in Wirklichkeit schnell ist. Es handelt sich um eine andere Art von Schnelligkeit, mehr von innen, spirituell. Die Gesellschaft und die Erziehung haben uns für diese Schnelligkeit blind gemacht. Eine Sache kann man immerhin tun, man kann die Spiele auf DVD aufzeichnen und sie dann schneller abspielen.

Man spürt überall die Angst, etwas Falsches zu sagen, das hat fast schon was DDR-mäßiges. Warum? Weil Frauen so sensibel sind. Keiner will ihnen wehtun. Ich auch nicht. Ich bin deshalb gegen ein Verbot des Frauenfußballs. Es ist sicher sehr gesund. Die Frauen tun sich auch gegenseitig nicht so weh, es gibt keine Fringse, Suárezes und keine Materazzis.

Die Tatsache aber, dass ich Frauenfußball, wenn ich mal was Privates sagen darf, ungefähr ebenso interessant finde wie Dressurreiten und Rennrodeln, macht mich völlig fertig. Ich kann gar nicht hinschauen, weil ich sofort Schuldgefühle bekomme. Bei Filmen oder Büchern war so etwas nie ein Problem. Er mag *Fluch der Karibik* nicht? Diesen geilen Film? Okay, soll er. Aber beim Frauenfußball gibt es so einen wahnsinnig starken gesellschaftlichen Druck, es gut zu finden. Falls ich an diesem gesellschaftlichen Druck eines Tages zerbreche, dann soll am Grab ein Synchronschwimmer sprechen.

Justiz und Sexismus

Die deutsche Juristenausbildung hat also auch das Sexismusproblem. Dies wurde in einer Studie der *Zeitschrift für Didaktik der Rechtswissenschaft* nachgewiesen. Zeitungen haben darüber berichtet. Viele sind empört. Frauen schneiden im schriftlichen ersten Staatsexamen um durchschnittlich 0,3 Punkte schlechter ab als Männer. Insgesamt gibt es 18 Punkte, der Unterschied ist also sehr klein. Aber auch ein kleiner Sexismus bleibt ein Sexismus. Ein Chihuahua ist ein Hund, obwohl man von der Größe her eher denkt, das sei ein Hamster mit seltsamen Zähnen. So weit ist mir das alles klar.

Dann habe ich auf *jetzt.de* die Information gefunden, dass die Prüfung anonym geschrieben wird. In der Studie sei dieses wichtige Detail eher versteckt worden. Wenn jemand auf dem Prüfungsbogen irgendwas über seine sexuelle Identität verrät, wenn die Person etwa an den Rand schreibt, »I'm every woman« oder »Entschuldigen Sie, falls Barthaare an meinem Prüfungsbogen kleben«, dann ist die Person automatisch durchgefallen.

Jetzt wird die Frage diskutiert, wie die sexistischen Prüfer, wenn sie vor den anonymen Examensbögen sitzen, das Geschlecht der Prüflinge herausfinden. Riechen sie an den Bögen? Ein Chihuahua würde das tun. Nein, eigentlich kann es nur die Handschrift sein, an der die Sexisten sich orientieren. Andererseits ist die Aussage, dass man eine Frau an der Handschrift erkennt, doch auch wieder klischeehaft und sexistisch. Es ist eine echte Zwickmühle. Lösen kann man das Problem mit der minimal schlechteren Note vermutlich nur, indem die gescheiterte anonyme Prüfung in Jura wieder abgeschafft wird und indem auf jedem Prüfungsbogen eine Aufforderung an die Prüfer steht, etwa so: »Bedenken Sie, dass Frauen benachteiligt sind und jede Förderung brauchen, auch und gerade bei der juristischen Examensnote.«

Ich war noch mitten im Denkprozess, als mir ein Kommentar der *Süddeutschen Zeitung* in die Hände fiel, der nur ein paar Tage vor dem *jetzt.de*-Bericht erschienen ist. Darin schreibt der Kollege Heribert Prantl, selbst Jurist, über die Juristenausbildung: »Frauen haben im Schnitt bessere Examensnoten. Die Justiz wird weiblich.« Er will die traurige Wahrheit ganz klar vertuschen. Ich glaube, ich bin einer sexistischen Verschwörung in München auf die Spur gekommen.

Ich habe mir die Studie daraufhin genau angesehen und herausgefunden, dass es eine weitere Bevölkerungsgruppe gibt, die bei der Juristenausbildung sogar noch viel stärker diskriminiert wird als Frauen. Es sind die Bochumer. Studierende in Bochum erzielen beim juristischen Staatsexamen im Schnitt um bis zu zehn Prozent schlechtere Ergebnisse als ihre Kommilitonen in Bielefeld, und zwar auch dann, wenn sie die gleichen Abiturnoten hatten. Zehn Prozent, das ist richtig viel. Diese Ungerechtigkeit ist deshalb besonders gravierend, weil sie, im Gegensatz zur Benachteiligung der Frau, bis heute tatsächlich erfolgreich vertuscht wurde. Es gibt keinen Aufschrei. Die Autoren der Studie machen sich sogar darüber lustig. Sie deuten an, dass in Bochum vielleicht viele Abiturienten aus Berlin studieren, während Abiturienten aus Bayern eher Bielefeld bevorzugen.

Über die Bochumfeindlichkeit unserer Gesellschaft schreibt niemand, bis auf mich. Ich nenne dieses Phänomen: der kleine Unterschied zwischen Bielefeld und Bochum und seine großen Folgen.

Sexismus und Justiz

Wer an der Medizinischen Universität Wien studieren will, muss den Zulassungstest bestehen. Jetzt ist herausgekommen, dass es bei dem Test Bonuspunkte für Frauen gibt. Das ist wirklich nur durch Zufall bekannt geworden, die Uni hat es nicht an die große Glocke gehängt. Ein abgelehnter Student klagt dagegen. Mit seinem Testergebnis hätte er locker bestanden, wenn er eine Frau wäre oder sich verkleidet hätte, wie Dustin Hoffman in *Tootsie*. Sein Anwalt behauptet nun, dass niemand wegen seines Geschlechtes benachteiligt werden dürfe. Dies gelte seiner Ansicht nach, in gewisser Weise, auch für Männer. Die Genderbeauftragte hat sinngemäß erklären lassen, da irre sich der Anwalt aber sehr.

Bei den früheren Tests hätten Frauen nun mal im Durchschnitt schlechter abgeschnitten als Männer. Dies könne nur an den »Verhaltensmustern und Strukturen in der Gesellschaft« liegen. Deswegen werden neue Verhaltensmuster geschaffen, in Form von Bonuspunkten.

Die Diskussion über die Quotenregelung ist eigentlich schon von gestern. Das neue Thema heißt »Affirmative Action«. Darunter ist zu verstehen, dass diskriminierte

Gruppen bevorzugt werden. Sie müssen, um irgendwas zu werden, nicht das Gleiche bringen wie die anderen. Im Staat Michigan, USA, hat in der vergangenen Woche das höchste Gericht diese Praxis ausdrücklich erlaubt. Vorher war dort die »Affirmative Action« sogar in einer Volksabstimmung abgelehnt worden, aber das Gericht hat beschlossen, dass sich das Volk geirrt hat. Das klingt einfach. Es scheint aber doch komplizierter zu werden, als man denkt.

In Texas klagt jetzt eine Frau, die einen Studienplatz nicht bekommen hat, den sie ganz leicht bekommen hätte, wenn sie schwarz wäre. Das Gericht muss herausfinden, ob man als weiße Frau oder als schwarzer Mann in Texas stärker diskriminiert wird. Da gibt es überhaupt noch keine Kriterien, um das zu messen.

Was macht man da, eine Meinungsumfrage unter Rassisten?

Und es gibt ja auch noch andere diskriminierte Gruppen. Ich kann mir zum Beispiel nicht vorstellen, dass die Latinos, die Asiaten oder die Muslime sich das einfach so tatenlos angucken, wie die Frauen und die Afroamerikaner die Medizin-Studienplätze in aller Ruhe unter sich aufteilen.

Letzten Endes läuft es bei der »Affirmative Action« wohl auf so etwas Ähnliches hinaus wie das deutsche Steuersystem hinaus, das ja ebenfalls so lange immer gerechter geworden ist, bis es so kompliziert war, dass es keiner mehr verstanden hat, dann war Ruhe. Männerrechtler weisen darauf hin, dass wegen der Verhaltensmuster in der Gesellschaft viel weniger Frauen im Gefängnis sitzen, deswegen müssten Frauen in Zukunft für Ladendiebstahl grundsätzlich lebenslänglich kriegen, männliche Bankräuber dagegen Bonuspunkte.

Schmähgedichte

Ich schreibe jetzt wieder mal was Feminismuskritisches. Warum? Jedes Mal, wenn ich, selten genug, etwas Feminismuskritisches schreibe, kriege ich von einer Leserin ein Schmähgedicht geschickt. Ich nenne sie Lucifera, nach einer italienischen Comic-Heldin, einer starken Frau. Es ist immer dasselbe Gedicht. Es geht so: »Die Milch wird sauer, das Bier wird schal, über Frauen schreibt Herr Martenstahl.«

Liebe Lucifera, mit diesem Gedicht bedienen Sie schlimme Vorurteile über die Qualität feministischer Lyrik, ist Ihnen das klar? Das Schmähgedicht ist ja eine traditionsreiche und durchaus honorige literarische Gattung. Das älteste bekannte Schmähgedicht war dem babylonischen König Nabonid gewidmet, 539 vor Christus. Darin wird dem König vorgeworfen, dass er die herrschenden Kulte vernachlässige – im Grunde das Gleiche, was Sie mir vorwerfen, oder?

Lesen Sie Heinrich Heine. Der hat viele Schmähgedichte verfasst, sogar über das liebenswerte Volk der Schwaben: »Ein jedes Volk hat seine Größe / in Schwaben kocht man die besten Klöße.« So müssen Sie das auch machen, eine überraschende Pointe, weit hergeholt, aber eben nicht zu weit. Mit »Spätzle« statt »Klöße« wäre das Gedicht platt, selbst wenn es sich reimen würde, verstehen Sie? Heine hat übrigens auch sehr schöne sexistische Gedichte geschrieben. »Der Domherr öffnet den Mund weit: / Die Liebe sei nicht zu roh / Sie schadet sonst der Gesundheit. / Das Fräulein lispelt: wieso?«

Robert Gernhardt ist der Größte, klar. Allein schon die rassistischen Gedichte von Gernhardt sind ein Genuss, Lucifera. »Paulus schrieb den Irokesen: / Euch schreib ich nichts, lernt erst mal lesen.« Oder: »Dich will ich loben, Hässliches. Du hast so was Verlässliches.«

Die Schmähung, die sich als Lob verkleidet, das ist natürlich die hohe Schule der Bosheit. So etwas Ausgekochtes möchte ich von einer empfindsamen und zarten Person wie Ihnen gar nicht verlangen. Ein bisschen gröber als Gernhardt, aber hochaktuell und zahlreich sind die Schmähgedichte von Thomas Gsella, hier über die Flughafenmetropole Berlin: »Zu blöd zum Brötchenholen / Wer Hauptstadt der Versager sagt / der meint Berlin (bei Polen).« Man sollte dazu wissen, dass es in Berlin einen »Klub der polnischen Versager« gibt, der sich durch Selbstironie auszeichnet, eine der schönsten menschlichen Eigenschaften. Die Formulierung »zu blöd« finde ich allerdings allzu direkt, die perfekte Schmähung kommt eher durch die Hintertür.

Jetzt die Feminismuskritik. Die Genderfrauen sagen, dass es »Männer« und »Frauen« in Wirklichkeit gar nicht gebe, dies seien nur gesellschaftliche Konstrukte. Tatsächlich sind die Grenzen zwischen den Geschlechtern fließend, es gibt organisch, sozial und psychisch die verschiedensten Zwischenformen. Das ist bei Cola und Limo genauso. Du kannst Cola und Limo in jedem gewünschten Verhältnis zu Spezi mischen. Wenn nun einer käme und behauptete, aus der Existenz von Spezi gehe hervor, dass Cola und Limo ein gesellschaftliches Konstrukt seien und gar nicht existierten, dann würde jeder sofort merken, dass diese Person ein Rad ab hat. Noch irrer wäre die Behauptung: »Wer darauf beharrt, dass es Cola gibt, der diskriminiert Spezi.«

Liebe Lucifera, ich bitte Sie um ein besseres Gedicht. Kommen Sie, geben Sie sich Mühe. Wenn Sie mögen, veröffentliche ich es unter Ihrem Klarnamen, okay? Zur Einstimmung noch ein sexistisches Gedicht von Robert Gernhardt, speziell für Sie: »Hallo, süße Kleine, komm mit mir ins Reine! Hier im Reinen ist es schön, viel schöner, als im Schmutz zu stehn. Hier gibt es lauter reine Sachen, die können wir jetzt schmutzig machen.«

Frauenliteratur

Man kann wirklich nicht behaupten, dass sich mit Literatur kein großes Vermögen mehr verdienen lasse. Das ist eine Schutzbehauptung.

Shades of Grey war eine Trilogie von erotischen Romanen, die von einer Frau für Frauen verfasst wurden. Gesamtauflage: 70 Millionen. Die Heldin verfällt einem charismatischen Macho, der sie in die Welt des Sadomasochismus einführt. In der *Twilight*-Saga geht es um Vampire, die Liebe suchen. Was die neue Bestseller-Reihe namens *Bigfoot* betrifft, zitiere ich am besten die deutsche Inhaltsangabe des Internetbuchhändlers Amazon. Man merkt, dass es eilig übersetzt wurde. »Mit einem einwöchigen Ausflug in den Mt. Hood National Forest, der als spaßige Reise zum Flirten beginnt, verwandelt sich dieser schnell in einen Alptraum, als eine affenähnliche Kreatur eine Gruppe junger Frauen entführt, mit dem Ziel, Affenkinder zu zeugen. Alle Charaktere sind 18 und älter.«

Für einen Affen ist 18 ein ziemliches Alter. Die Autorin der *Bigfoot*-Reihe – der erste Band heißt *Moan for Bigfoot* – trägt das Pseudonym Virginia Wade, es handelt sich um eine Hausfrau mittleren Alters aus der Kleinstadt

Parker in Colorado. Weil der Affe naturgemäß weniger gesprächig ist als der kultivierte Mister Grey, kommen die Bücher mit etwa hundert Seiten aus.

Seit 2011 haut Frau Wade einen Band nach dem anderen heraus, in einem Interview hat sie gesagt, dass sie mit Bigfoots Abenteuern allein im Internet bis zu 30 000 Dollar im Monat verdient. Am Anfang ging es darum, dass Waldwesen unbescholtene junge Frauen in die Wildnis verschleppen. Inzwischen sind auch Wikinger und Werwölfe mit unerfülltem Kinderwunsch unterwegs. Es gibt in den USA jede Menge andere Autorinnen, die auf die Welle aufspringen, der Roman *Sex With My Husband's Anatomically Correct Robot* ist bereits erhältlich. Der Fachbegriff für dieses Genre heißt »kryptozoologische Erotika«.

Die Familie Wade scheint einen deutschen Migrationshintergrund zu besitzen, die deutsche Übersetzung wird von Virginias Mutter besorgt. Als Lektor ist ihr Vater tätig, ein pensionierter Englischlehrer. Im 17. und letzten Band sollen Bigfoot und seine Gefährtin beim Orgasmus von einer gemeinsam erzeugten Atomexplosion vernichtet werden.

Als Erstes fällt einem zu Bigfoot natürlich King Kong ein, aber dann habe ich die Leserinnenrezensionen im Internet gelesen. Eine gewisse »Bijou« schreibt: »Die Anfangsszene ist nett gemacht, danach wird mir das zu unhygienisch. Ist schon klar, dass Bigfoot nicht sonderlich viel vom Waschen hält.« Neben King Kong muss wohl auch die Kinderbuch-Reihe *Die Olchis* zu den literarischen Vorbildern von *Bigfoot* gerechnet werden. Im Wirtschaftsmagazin *Business Insider* schreibt ein Kollege, der einige Bände gelesen hat, dass sich ihre literarische Qualität zwar weit unterhalb der Nachweisgrenze bewege, aber er habe doch einige Male an die griechische Mythologie denken müssen, wo es ebenfalls von sexhungrigen Minotauren, Stieren und Wassertieren nur so wimmelt. Außerdem – die Frauen kaufen das wie verrückt. Je partnerschaftlicher und sensibler die echten Männer werden, desto größer wird der Buchmarkt für das Tier im Mann.

Ich bin zurzeit in den USA und denke über ein neues Buch nach. Warum probiere ich eigentlich nicht mal so was aus? Für ein Machobuch bin ich wahrscheinlich genau der Richtige. Und ich mag sowohl Reichtum als auch Tiere und den Wald. Aber Sexbestseller zu schreiben ist heute leider ein reiner Frauenberuf. Und der Macho ist für die Autorinnen ein literarisches Fabelwesen geworden, und zwar ein mit Wunschphantasien besetztes, ähnlich wie früher die Meerjungfrau.

Die USA

Ich war in Amerika, in der Stadt Key West. Ernest Hemingway, eines meiner Rollenmodelle, hat dort auch gelebt. Das Erste, was einem als Deutschem auffällt, ist die Höflichkeit. Das Zweite ist die Freundlichkeit. Das Dritte die augenscheinliche Abwesenheit von Aggressionen jeglicher Art.

Auf der Straße lächelt dich jeder Zweite an, als ob er dich vom Fleck weg heiraten möchte. Unbekannte Menschen, die deinen Weg kreuzen, nicken dir freundlich zu. In Deutschland tun unbekannte Menschen meistens so, als ob du nicht existent wärst, und schauen durch dich hindurch. Als ich wieder zurück in Deutschland war und in den ersten Tagen auch allen lächelnd zunickte, bin ich bestimmt für einen Geisteskranken gehalten worden.

Pausenlos fragten die Amerikaner: »Wie geht's? Darf ich Ihnen helfen?« Ich hatte eine Fahrradpanne. Nach zwanzig Sekunden eilte ein tätowierter Muskeltyp herbei und reparierte mein Fahrrad. Seine Finger waren danach voller Schmieröl. Er lächelte und sagte: »Wie schön, dass ich helfen durfte.« Wenn zwei Autos gleichzeitig auf eine Parklücke zusteuern, dann will jeder Fahrer um jeden

Preis den anderen vorlassen, das Ritual kann bis zu einer Viertelstunde dauern.

Die Rauchverbote waren zuerst in den USA da. Inzwischen ist die Toleranz für Raucher in den USA größer als bei uns. Das deutsche Volk geht, wie ein früherer deutscher Minister gesagt hätte, in das Rauchverbot hinein wie in einen Gottesdienst. Amis sind sogar zu Rauchern höflich. Nichtraucher fragen: »Darf ich helfen? Brauchen Sie Feuer? Und vielleicht noch einen kleinen Cognac dazu?«

Deutsche sagen gern: »Amerikaner sind oberflächlich. Sie meinen das nicht ehrlich.« Mir ist es aber lieber, dass mir jemand unehrlich bei einer Panne hilft, als dass mir jemand ehrlich auf meine blauen Wildlederschuhe tritt.

Was ich seltsam finde: Die Deutschen haben den fast totalen Sozialstaat, lehnen mit großer Mehrheit Militäreinsätze jeglicher Art ab, bohren in Afrika einen Brunnen nach dem anderen, sind ökig wie kaum eine zweite Nation, geben auch Schülern, die ihre Lehrer anspucken, mindestens eine Zwei plus und behandeln Straftäter wie Kinder, die aus Versehen ein Glas mit Limonade umgestoßen haben. Bei allen staatlichen oder offiziellen Sachen ist Deutschland extrem freundlich, friedlich, unaggressiv und verständnisvoll. Sämtliche Aggressions- und Unfreundlichkeitspotenziale kommen im persönlichen Miteinander zum Einsatz.

Eine typische Alltagsszene sieht so aus: Herr Müller bereitet für sich und seinen Hund, den er aus einem spanischen Tierheim befreit hat, eine vegetarische Mahlzeit zu, überweist am Computer 100 Euro an Amnesty International, unterzeichnet schnell eine Solidaritätsresolution für arbeitslose Roma aus Rumänien, dann verlässt er seine Wohnung. Im Treppenhaus begrüßt er seine Nachbarin mit den Worten: »Sie alte Schlampe! Wenn Sie noch mal Ihren Müll neben die Tonne stellen, verklage ich Sie!« Dann fährt Herr Müller, natürlich mit dem Fahrrad, zur Antikriegsdemo. Auf dem Weg dorthin zerkratzt er mit seinem Schlüssel noch rasch ein Auto, dessen Stoßstange zehn Zentimeter weit auf den Fahrradweg ragt.

In den USA ist es umgekehrt. Sie führen Kriege, jeder Irre kriegt problemlos eine Knarre. Militär und Geheimdienste sind hart wie Kruppstahl, die Richter fällen Todesurteile flink wie Windhunde und die Grenzkontrollen sind zäh wie Leder. Das finde ich nicht gut. Aber der Alltag ist *easy like sunday morning*.

Broken English

Please allow me to introduce myself. Well, I am Harald. You can leave your hat on. I am the columnist, nice to write you. I write about this and that. You name it, I write about it. Mamma mia, here I go again, my, my, how can I resist you? Writing gives me so much pleasure. But my English is not good. Let's face facts, folks. This English here is no good. Words don't come easy. Papa was a rolling stone, wherever he laid his hat was his home.

At school, I learned Latin for many years. What a feeling. We learned Latin all along the watchtower, Latin was under our thumb. Latin – I will always love you. You are the sunshine of my life.

Like many Germans of my generation, I learned English mainly by listening to pop music. Song sung blue, everybody knows one. English is important. So I turned my radio on, they played Elvis, Bob Dylan or James Brown. This is an English-speaking world. But it would be nothing, nothing, nothing without a woman or a girl.

When I was a young man, I had a girlfriend from France and another one from Spain. I was a Latin lover. I spoke some kind of Latin, and the message was love.

Young girl, get out of my mind. American girls did not like me. Silence is golden, golden, but the bridge over troubled water is not called bad English.

One day I received an invitation. The U.S. Information Agency sometimes invited young German journalists to stay in the States for six weeks or so. They were looking for promising, upcoming young leaders, their aim was to make them pro-American. German journalists should not walk like an Egyptian. They should fly like an eagle. That's why they try a little tenderness. Give a little, take a little. Well, so far I have never become a leader, but I am still quite promising. Call me a long-time promise. America was sweeter than honey and deeper than the deep blue sea. I know, it's only rock 'n' roll, but I like it.

They invited me to give a speech, too. It was in the early 1980s, in Little Rock, Arkansas. A country club. The regional TV station even broadcast it. I was introduced as a guy specializing in political topics and German-American relations, possibly the next German chancellor. I understood hardly a word. You know, Germany and the U.S. have one thing in common: the farther you go to the south, the more difficult it is to understand the locals. The sun burns the tongues. I was dizzy. The president of the club welcomed me. He wanted to know if there are still old Nazis in my neighborhood and how they are doing, he asked me about my opinion on our relationship, the war, all that. I was the first real German-born German they had ever seen in Little Rock. I tried to say nice things.

I said: »What a wonderful world. I see trees of green, red roses too, I see them bloom for me and you. Waterloo, I was defeated, you won the war. So how can I ever refuse? I feel like I win when I lose. Germany's message to America: Gimme shelter, don't be cruel and help me, Rhonda. We can't go on together with suspicious minds. Concerning the old Nazis, I can only point out that they went to the desert on a horse with no name. Oh Lord, please don't buy them a Mercedes-Benz. And, never forget: Viva Las Vegas! Thank you. I did it my way.«

I still own a videotape of that TV program. Let me close with the famous words of Freddie Mercury: I've done my sentence, but committed no crime. But there remains one question I always wanted to ask: If I were a carpenter – would you have my baby?

Jungs

Ich traf einen Kollegen, der einen Sohn hat. Sein Sohn ist im gleichen Alter wie mein Sohn. Der andere Sohn hat ebenfalls kürzlich Abitur gemacht. Der Kollege sagte, sein Sohn schlafe meist bis zum frühen Nachmittag. Danach dusche er und setze sich an den Computer. Dort spiele er und chatte. Manchmal gehe er aus. Aber meistens sei er zu Hause. Er steht auf, er spielt, er isst, dann legt er sich wieder schlafen. Zukunftspläne sind vorhanden, werden aber mit extremer Gelassenheit und in aufreizend langsamem Tempo verfolgt. Sein Zimmer befinde sich in einem sehr, sehr traurigen Zustand. Ungeziefer gibt es dort nicht, dem Ungeziefer ist das Zimmer nicht behaglich genug. Die Mitarbeit des Sohnes im elterlichen Haushalt aber sei ein Thema, das zu schmerzhaft ist, um überhaupt darüber reden zu können. Das hätte ich an seiner Stelle alles, Wort für Wort, ebenfalls berichtet.

Die Mädchen aus der Abi-Klasse, sagte der Kollege, studieren inzwischen alle. Die sind alle auf der Autobahn Richtung Topjuristin, Chefärztin oder Konzernvorstand. Die Jungs dagegen, ach, es ist furchtbar, es ist traurig. Sie hängen rum. Eine *lost generation*.

Ich sagte, dass mein Sohn sich eine neue Badehose kaufen möchte. Das Projekt, sich eine Badehose zu kaufen, verfolgt er seit nunmehr acht Wochen. Er hat keine Zeit. Nein, er hat keine Energie. Es ist, als ob jemand den Stecker herausgezogen hätte aus dieser Generation von Jungs. Das wird sich alles auswachsen, sagte ich, das kann ja nicht ewig so weitergehen. Eines Tages wird er sich eine Badehose kaufen. Er wird morgens um neun vor mir stehen, frisch geduscht, und er wird sagen, dass er jetzt zu Karstadt geht und sich die Badehose kauft. Jeden Morgen warte ich darauf. Dann gehe ich ins Büro, er schläft noch, und wenn ich vom Büro heimkomme, ist er gerade aufgestanden, die Cornflakes-Schüssel steht herum, und er macht sich fertig fürs Joggen. Eine Jogginghose hat er ja. Der Kollege sagte: »Es ist überall das Gleiche. Das tröstet dann doch irgendwie.«

Wir haben durchgecheckt, woran es liegen könnte. Ich glaube nicht, dass es an der Erfindung des Computers liegt. Die Mädchen besitzen ebenfalls Computer. Ich glaube auch nicht, dass der Feminismus schuld ist. Gewiss, diese Generation von Jungs wird sich vermutlich extrem schwer damit tun, Spitzenpositionen zu erobern. Solche Jobs werden in den nächsten Jahrtausenden hauptsächlich mit Frauen besetzt sein. Aber das kümmert unsere Jungs nicht, nein, es ist ihnen sogar recht. Unsere Jungs sind begeisterte Feministen. Wenn jemand unseren Jungs die Position eines Bundeskanzlers oder Bankchefs anbieten würde, dann würden unsere Jungs langsam aufstehen, ihre Chipstüte nehmen und in ihr Zimmer schlurfen, um in Ruhe Musik zu hören.

Waren unsere Erziehungsmethoden zu lasch? Waren wir schlechte Vorbilder? Ist die Schule schuld, zu viel Gruppenarbeit?

»Es liegt an der Abschaffung der Wehrpflicht«, sagte der Kollege. Das hat mir sofort eingeleuchtet. Ich habe ja nach dem Abi Zivildienst gemacht, aber das bedeutete ebenfalls eineinhalb Jahre frühes Aufstehen, heftige Maloche, Hierarchie, Erwachsenenleben. Danach warst du eingenordet. Danach wusstest du Bescheid. Mein Gott. Wie ich rede.

Trotzdem. Einer Bürgerinitiative »Väter von Jungs für die Wiedereinführung der Wehrpflicht« würde ich vielleicht beitreten.

Mütter

Kürzlich starb, hochbetagt, der Psychoanalytiker Horst-Eberhard Richter. Ich bin ihm ein paarmal begegnet, hatte aber nie den Mut, ihm zu sagen, dass er eine Vaterfigur für mich ist. Und zwar nicht etwa in geistiger Hinsicht, sondern in biologischer. Meine Mutter hätte, glaube ich, gerne Horst-Eberhard Richter geheiratet.

Er kam in meiner Kindheit oft im Fernsehen und gab dort mit leiser, feiner Stimme psychoanalytische Erklärungen ab. Meine Mutter ist dabei fast ausgerastet. Sie sagte immer wieder: »Was für ein Mann!« Während sie dies sagte, saß neben ihr meistens einer ihrer Ehemänner, die von Zeit zu Zeit wechselten. Die Ehemänner konnten machen, was sie wollten, an die Sensibilität und die Intellektualität von Horst-Eberhard Richter kamen sie einfach nicht heran.

Irritierenderweise war meine Mutter gleichzeitig und ebenso bedingungslos dem Sänger Tom Jones verfallen, der einen gänzlich anderen Männertypus repräsentiert als Horst-Eberhard Richter. Über Tom Jones sagte sie: »Dieser Mann ist eine Sünde wert.« Sein Spitzname lautet »der Tiger«. Zu meinen lebhaftesten Jugenderinnerungen gehört der fast ständig laufende Tom-Jones-Hit *Help yourself.*

Auf die Frage, wie ein moderner Mann im Idealfall sein sollte, gibt es für mich deshalb nur eine Antwort: oberhalb des Halses wie Horst-Eberhard Richter. In den tieferen Regionen eher wie Tom Jones. An diesem doppelten Anspruch habe ich mich nun schon ein halbes Leben lang abgearbeitet. Währenddessen wurden auch Horst-Eberhard Richter und Tom Jones langsam älter. Vor einigen Jahren eröffnete mir meine Mutter, dass sie ihre Orientierung verändert hat.

Statt Horst-Eberhard Richter, der immer seltener im Fernsehen kam, verehrte sie nunmehr, mit ähnlicher Verve, den langhaarigen, feinsinnigen Philosophen Richard David Precht. Den Platz von Tom Jones aber hatte der Moderator Max Moor eingenommen. Einmal durfte ich in einer Sendung von Max Moor auftreten. Ich glaube nicht, dass meine Mutter auch nur ein Wort von dem mitbekommen hat, was ich in dieser Sendung sagte. Ich hatte auch nicht den Mut, ihm zu gestehen, dass er mein Vater sein könnte. Allerdings glaube ich, reifer geworden, nicht mehr daran, dass irgendjemand gleichzeitig ein Richard David Precht und ein Max Moor sein kann. Die Frauen verlangen zu viel.

Kurz vor dem Jahreswechsel habe ich erfahren, dass meine Mutter ihre Beziehung mit Max Moor einseitig aufgekündigt hat, Begründung: Sie passen nicht zueinander. Max Moor, der nebenbei in Brandenburg einen Bauernhof betreibt, hatte in mehreren Talkshows eine starke Neigung zum Ökolandbau und zu biologisch-dynamischem Lebenswandel erkennen lassen. Das kann man nach Ansicht meiner Mutter, die das Leben gerne in sämtlichen Facetten genießt, auch den unökologischen, keiner Frau zumuten, die noch alle Tassen im Schrank hat.

Jetzt ist Phase drei angebrochen. Zum ersten Mal gibt es nach Ansicht meiner Mutter einen Mann, einen einzigen, der alles, was ein richtiger Mann haben muss, in sich vereint. Es ist der Geiger David Garrett. Was ich aber eigentlich sagen will: Die richtig guten Männer sind weder alle schwul noch alle verheiratet. Die richtig guten Männer sind alle im Fernsehen.

Väter

Liebe Kornelia Loeffler, liebe Sonja Blume, heißen Sie wirklich so, oder sind das Pseudonyme? Jedenfalls kommentieren Sie beide unter diesen Namen bei *Bild.de*. Und Sie haben dort, genau wie ich, eine Meldung über den Schauspieler Christof Wackernagel gelesen. In der Meldung stand, dass Wackernagel, 62 Jahre alt, vor nicht allzu langer Zeit Vater geworden ist, und zwar ein alleinerziehender. Er hat lange in Afrika gelebt, von dort stammt die Kindsmutter. Sie, Kornelia, kommentieren dies mit dem Wort: »Unverantwortlich.« Und Sie, Sonja, schreiben: »Egoistisch ohne Ende.«

Haben Sie Kinder? Falls dies der Fall ist, müssten Sie eigentlich wissen, dass die Entscheidung für ein Kind bedeutet, Verantwortung zu übernehmen, und zwar nicht zu knapp. Wer Verantwortung jeglicher Art scheut, lässt in der Regel die Finger davon. Das Gleiche gilt für eingefleischte Egoisten – womit ich nichts gegen ein gesundes Maß an Eigenliebe gesagt haben möchte. Mit einem Kind im Haus muss man da allerdings Abstriche machen. Wenn Christof Wackernagel tatsächlich das wäre, was Sie ihm unterstellen, ein Egoist ohne Ende, dann hätte er versucht, seine Partnerin zu einer Abtreibung zu überreden, im Falle des Nichtgelingens hätte er das Weite gesucht.

Ach so, es geht Ihnen nur um das Alter des Vaters. Das ist nicht optimal, da haben Sie recht. Vielleicht stirbt er, bevor das Kind erwachsen ist. Vielleicht wird er aber auch hundert und sieht noch einen Enkel – niemand kann das wissen, Kornelia. Wie waren eigentlich Ihre Eltern? Waren die perfekt? Glückwunsch! Bei den meisten, die ich kenne, ist es ja so, dass deren Eltern das eine oder andere Defizit aufgewiesen haben. Man mag die Eltern, meistens jedenfalls, aber, na ja, es gibt bei den meisten auch Dinge, die in der Kindheit hätten besser laufen können.

Vielleicht waren die Eltern arm. Oder ungebildet. Überstreng. Oder lieblos. Das gibt es alles, Kornelia – sogar behinderte Eltern gibt es oder homosexuelle Eltern, stellen Sie sich vor! Da müssten wohl überall Kornelias Wache stehen, die darauf achten, dass nur die Richtigen Kinder kriegen, die Gesunden, die Gebildeten, die Sittenstrengen, Wohlhabenden und Jungen, die mit einem Händchen für Pädagogik und die mit den vernünftigen Ansichten, was immer Sie, Kornelia, im Einzelnen darunter verstehen. Es wird dann natürlich sehr einsam werden in den Kreißsälen. Irgendwas fehlt immer. Und wissen Sie was: Ich wette, es wird auch dann noch, unter Ihrer Kontrolle, die eine oder andere unglückliche Kindheit geben, vielleicht sogar genauso viele wie vorher.

Ein »Sven Schleich« schreibt auf *Bild.de* über den alten Vater Wackernagel: »Schlimm, wenn alte Menschen sich noch mal beweisen wollen, dass sie nicht alt sind. Das Kind kann einem nur leidtun.« Sven, ich bin immer wieder bestürzt darüber, wie wenige Informationen manchen Leuten genügen, um sich ein strenges Urteil über andere Menschen zu erlauben. Was wissen Sie über die Motive von Christof Wackernagel? Gar nichts. Ich weiß über Sie auch nichts, Sven, aber wenn ich behaupte, dass Sie Teil eines unsympathischen Internetmobs sind, dann ist mein Urteil immer noch fundierter als Ihres.

Ja, es ist wirklich schlimm, wenn alte Menschen Marathon laufen oder eine Fremdsprache lernen, es ist schlimm, wenn Achtzigjährige sich verlieben, es ist schlimm, dass Picasso mit neunzig einfach nicht aufhören wollte, zu malen und junge Frauen zu bezirzen, es ist schlimm, dass Helmut Schmidt bei Redaktionsschluss dieses Buches immer noch raucht und Ratschläge gibt, das alles ist schlimm, schlimm, schlimm.

Mitleid

Seit Michael Schumacher beim Skifahren gestürzt ist, habe ich den Rest meines Glaubens an das Gute im Menschen verloren. Damit meine ich nicht die Belagerung des Krankenhauses durch sogenannte Reporter, zu der man auch einiges sagen könnte. Man muss die Kommentare im Internet lesen, nachdem sich jemand lebensgefährlich verletzt hat, jemand, der berühmt ist und reich.

Ich zitiere ein paar der harmloseren Beispiele, nicht die harten Sachen. Rüdiger schreibt auf der Internetseite der *Frankfurter Rundschau*: »Ich finde, dass Schumi kein Mitleid verdient. Jemand, der permanent ins volle Risiko geht, nimmt in Kauf, dass es mal schiefgeht.« Michael schreibt auf *Focus.de*: »Totale Selbstüberschätzung ist hier die Ursache gewesen. Selber schuld. Bei Otto Normalverbraucher würde es eine solche völlig überzogene Berichterstattung nicht geben!« Kurt, auf *FAZ.de*: »Wie viele andere Skifahrer sind auf der Piste noch verunglückt? Gibt es dazu auch seitenlange Berichte und Statements der Ärzte?«

Tja, Kurt und Michael, dass die Zeitungen nicht über jeden Unfall so ausführlich berichten können, versteht sich von selbst – zählen Sie doch einfach mal die Seiten, die eine Zeitung hat. Medien berichten über Themen, die viele Leute interessieren, so einfach ist das. Und Sie, Kurt und Michael, sind sauer, weil Ihr Leben nicht auf ein so weltweites Interesse stößt wie das Leben eines Sportidols, habe ich recht? Das finden Sie ungerecht.

Da habe ich einen Tipp. Werden Sie auch berühmt! Werden Sie ein Idol. Es müssen nicht Autorennen sein. Vielleicht lehnen Sie Autorennen ab, das wäre völlig okay. Tun Sie einfach etwas Großes, etwas, was vor Ihnen kein anderer geschafft hat. Erfinden Sie etwas, schreiben Sie zehn Weltbestseller, gewinnen Sie den Friedensnobelpreis. Malen Sie so gut, wie vor Ihnen kein anderer Mensch gemalt hat, holen Sie sieben Oscars, gründen Sie einen Weltkonzern, heilen Sie Kranke, besiegen Sie den Hunger, es gibt tausend Möglichkeiten. Und wenn Sie dann einen Unfall haben, Kurt und Michael, werden Sie sich über mangelndes Interesse nicht zu beklagen haben, das garantiere ich.

Glück gehört natürlich auch dazu. Es gibt viele, die gut sind. Sie leisten Großes, sie schinden sich, aber es kommt nicht viel dabei heraus, es merkt einfach keiner, ohne dass man den Grund dafür immer genau bestimmen könnte. Fest steht, dass die Zahl der Plätze ganz oben begrenzt ist. Fest steht außerdem, dass es keiner schafft, der es nicht wenigstens probiert. Damit bin ich bei Ihnen, Rüdiger. Jemand, der voll ins Risiko geht, nimmt in Kauf, dass es schiefgeht – genau so ist es, Rüdiger, Sie haben völlig recht. Ohne Risikobereitschaft schafft es keiner. Aber damit meine ich nicht nur Autorennen. Zwanzig Jahre lang als unbekanntes Talent zu malen oder zu schreiben, für eine Sportart zu trainieren, einer von den Kollegen verlachten wissenschaftlichen Idee nachzugehen, das sind auch Risiken. Da braucht man Mut, vielleicht sogar eine Prise Selbstüberschätzung. Am Ende kann alles umsonst gewesen sein. Oder aber man wird reich und berühmt.

Man weiß es vorher nicht. Es ist auch nicht immer gerecht. Vermutlich gehen Sie lieber auf Nummer sicher, Rüdiger, daran ist nichts Verwerfliches. Vermeiden Sie das Risiko zu stürzen, das ist völlig in Ordnung. Aber beklagen Sie sich nicht über diejenigen, die versuchen zu fliegen.

Denken Sie an Kolumbus. Der hat in Kauf genommen, dass seine Fahrt nach Amerika schiefgeht. Volles Risiko, totale Selbstüberschätzung. Wenn Sie mit Ihrem Leben unzufrieden sind, Kurt, Michael, Rüdiger, lassen Sie es nicht an den anderen aus. Segeln Sie einfach los.

Täter

Ich bin nicht der Law-and-Order-Typ. Oder doch? Wochenlang habe ich die Berichterstattung über einen Prozess verfolgt, ich habe alles gelesen. Es ging um den sogenannten U-Bahn-Schläger, einen 20-jährigen Gymnasiasten aus Berlin, der in den Zeitungen »Torben P.« hieß. Dieser Torben also hat in einem U-Bahnhof einen Handwerker halb totgetreten, davon gibt es ein Video. Das Opfer hat durch Zufall überlebt.

Im Prozess traten diverse Gutachter auf. Eine Psychiaterin sagte, dass die Kindheit des Täters von den Krankheiten der Eltern geprägt gewesen sei. Die Mutter hat Diabetes, der Vater Parkinson. Das Elternhaus ist bürgerlich, Torben war ein Wunschkind. Aber die Eltern sind halt krank. Der Vater sei dominant gewesen und hat angeblich manchmal wochenlang nicht mit dem Sohn geredet. Insgesamt, sagte die Gutachterin, habe zu Hause ein »äußerlich intaktes Umfeld« geherrscht, aber eben auch ein »nicht ausreichend empathisches Kümmern«. Dies spreche für ein mildes Urteil, ein Urteil nach dem Jugendstrafrecht.

Ich kenne eigentlich niemanden, dessen Kindheit in

jedem Detail ideal verlaufen wäre und dessen Eltern immer alles richtig gemacht hätten. Insofern kann man sich die Gutachter sparen. Irgendwas ist immer. Entweder waren die Eltern zu streng oder zu desinteressiert oder distanzlos oder sonst was. Ein dominanter, oft schweigender Vater ist, soweit ich weiß, auch Thomas Mann gewesen. Auf der anderen Seite gibt es zahllose Menschen, die eine extrem harte und lieblose Kindheit zu verdauen haben, viel härter als die von Torben P., und die niemals jemanden in die Bewusstlosigkeit treten. Was sollen diese Menschen über so ein Gutachten denken? Ihre Leistung, das Handicap einer schwierigen Kindheit überwunden zu haben, wird dadurch entwertet.

Natürlich sind wir alle zu einem Teil das Ergebnis der Umstände, die uns prägen. Aber es gibt schon so etwas wie »Schuld« und »Verantwortung«, und man sendet jungen Tätern, finde ich, das falsche Signal, wenn man ihre Schuld zu einem hohen Prozentsatz an das Elternhaus oder die Gesellschaft überweist.

Auf der einen Seite wird immer häufiger gefordert, das Wahlrecht auf sechzehn Jahre herabzusetzen, die Piratenpartei will sogar vierzehn Jahre. Auf der anderen Seite wird kaum ein Neunzehn- oder Zwanzigjähriger nach dem Erwachsenenrecht verurteilt. Das ist doch ein bizarrer Widerspruch. Wieso sollen Leute über die Regierung entscheiden, die nach gängiger Rechtsprechung nicht ganz zurechnungsfähig sind oder die Folgen ihres Verhaltens nicht abschätzen können?

Ich frage mich, ob ich reaktionär bin, wenn ich denke, dass man für seine Taten einen angemessenen Preis bezahlen sollte, keinen grausamen, keinen unmenschlichen, aber einen angemessenen. Andererseits ahne ich, wie leicht man zum Täter werden kann. Unter bestimmen Umständen kann vermutlich fast jeder zum Mörder werden. Leute, die das für sich selbst kategorisch ausschließen, kommen mir blind und selbstgerecht vor.

Ja, in jedem steckt ein Täter. Und dann? Wenn ich einer bin? Vermutlich werde ich lügen, vermutlich werde ich auf die Umstände verweisen, vermutlich werde ich versuchen, zum günstigsten Preis davonzukommen, fast jeder tut das, es ist das Recht eines Angeklagten. Ich werde sagen: Der Staat übernimmt die Schulden der Banken, der Staat trägt die Last von anderen Ländern, die sich hemmungslos verschuldet haben, nun sollen die anderen auch meine Schuld übernehmen. Es gibt immer Argumente. Es sind immer die Umstände.

Sitzenbleiber

Ich bin, wie gesagt, traumatisiert, vielleicht sogar verbittert durch die Tatsache, dass ich zu keiner einzigen gesellschaftlichen Opfergruppe gehöre und in jeder gottverdammten Debatte immer Teil der Tätergruppen bin, Männer, Deutsche, Weiße, Besserverdiener. Das ist auch ein Scheißgefühl. Ich finde, wir Mehrfachtäter sollten als Opfergruppe anerkannt werden. Aber da lachen die anderen Opfer bloß, wenn sie so was hören.

Jetzt habe ich gelesen, dass Menschen, die in der Schule sitzengeblieben sind, durch diese demütigende Erfahrung ihr Leben lang traumatisiert sind, deswegen soll das Sitzenbleiben in Niedersachsen und demnächst bestimmt überall abgeschafft werden. Da wäre ich am liebsten gegen die Wand gerannt vor Wut. Das wäre meine Chance gewesen. Ich bin in der achten Klasse wirklich um ein Haar sitzengeblieben, dreimal eine Fünf, einmal eine Vier minus im Zwischenzeugnis, ich schwöre es. Aber nein, die mussten mir ja am Ende unbedingt viermal eine Vier minus geben.

Fast alle Leute, die ich kenne und die mal sitzengeblieben sind, haben ganz ordentliche Karrieren hingelegt, richtig gestört wirkt keiner von denen. Die politische Elite

Deutschlands besteht sogar aus auffällig vielen Sitzenbleibern. Die Ministerpräsidenten Stoiber und Kretschmann sind sitzengeblieben. Peer Steinbrück sogar zweimal. Eines steht fest, egal, wie die Debatte verläuft, eine Quote für Sitzenbleiber müssen sie nicht einführen, auch nicht in der Wirtschaft. Das ist jetzt kein Witz: Eine Vollblut-Sitzenbleiberin, Edelgard Bulmahn, hat es bis zur Bundesbildungsministerin gebracht.

Ich wollte aber herausfinden, wie es den echten Sitzenbleibopfern geht, also Menschen, die durch ihr Sitzenbleibtrauma wirklich geschädigt sind. Wie verarbeitet man das? Ich bin kein Zyniker. Ich bin, auf meine Art, schon auch sensibel. Also habe ich mir die Finger schrundig gegoogelt auf der Suche nach einer Sitzenbleiber-Selbsthilfegruppe, nach Sitzenbleibtrauma-Therapeuten oder nach den Anonymen Sitzenbleibern. Aber ich habe nichts gefunden. Als ich »Sitzenbleibopfer« gegoogelt habe, kam ein Artikel mit der Überschrift: Warum Hugo Chávez auf seinem Öl sitzenbleibt.

Es könnte natürlich sein, dass die Scham der Opfer so groß ist, dass sie sich nicht mal trauen, eine Selbsthilfegruppe zu gründen. Aber ich halte etwas anderes für wahrscheinlicher. Nämlich dass eine Opfergruppe zur Opfergruppe erklärt wird, bevor die Opfer selbst überhaupt kapiert haben, dass sie Opfer sind. Es gibt bestimmt noch andere unentdeckte Opfergruppen, weiße Flecken auf der Opferlandkarte. Da habe ich noch mal nachgedacht, und mir ist etwas eingefallen, was ich all die Jahre verdrängt hatte. Jetzt breche ich mein Schweigen. Ich gebe der Scham eine Stimme.

Ich war siebzehn, vielleicht achtzehn. Ich musste rechts ranfahren. Ein alter, weißer Mann sagte: »Steigen Sie aus.« Vor allen Leuten musste ich aussteigen.

Was hatte ich Schreckliches getan? Muss man einen jungen Menschen öffentlich demütigen, nur weil er zwei Stoppschilder übersieht? Wollen wir, dass ein Achtzehnjähriger Angst haben muss, seinen Eltern zu beichten, dass er durch die Prüfung gefallen ist? Dass über ihn getuschelt wird: »Das ist ein Durchfaller«? Wollen wir, dass ein Fahrschüler die komplette Prüfung wiederholen muss, obwohl er nur drei oder vier Verkehrszeichen nicht kennt? Nein, das kann niemand ernsthaft wollen. Deshalb gehört jetzt das Thema »Abschaffung der Führerscheinprüfung« auf die Tagesordnung der Politik.

Rechtschreibung

Manchmal sagen Leute: Ach, wissen Sie, ich würde auch gerne schreiben – kann man das lernen? Natürlich. Ich habe auf die folgende Weise schreiben gelernt. Eine bezaubernde junge Frau, die mir riesengroß vorkam, betrat das Zimmer, in dem ich saß. Sie lächelte mich an, ging zu einer Tafel, sie schrieb das Wort »Hans« und das Wort »Lotte« an die Wand. Dann erklärte sie mir, welcher Buchstabe welchem Laut entspricht. So habe ich schreiben gelernt. Buchstabe für Buchstabe, mit Fibel. Ich war überrascht, als ich in der Zeitung las, wie Kinder heutzutage das Schreiben lernen.

Die Kinder kriegen eine »Anlauttabelle«. Man erklärt ihnen, welcher Laut welchem Buchstaben entspricht. Dann sollen sie loslegen. Sie hören einen Satz, gucken in ihrer Tabelle nach und schreiben: »Die Schulä fenkt an.« Schon nach ein paar Wochen können sie halbe Romane schreiben.

Der Lehrer darf sie nicht korrigieren. Das würde den Kindern, heißt es, seelischen Schaden zufügen und sie demotivieren. Die Methode »Lesen durch Schreiben« ist eine Erfindung des Reformpädagogen Jürgen Reichen, sie setzt sich immer mehr durch. In der Zeitung stand auch, dass Eltern verwirrt sind. Ihr Kind schreibt »Di Bollitzei isst da« und fragt, ob das richtig geschrieben sei. Was sollen die Eltern dem Kind antworten? Beim Elternabend wird ihnen gesagt, dass sie so tun sollen, als sei alles richtig. Falls sie damit ein Problem haben, sollen sie »ausweichend antworten«. Die Eltern können sagen: »Richtig, falsch, das sind relative Begriffe. Alles nur gesellschaftliche Konvention.« Oder: »Was richtig war und was falsch, zeigte sich oft erst nach Jahrzehnten.«

Interessanterweise hat die neue Methode dazu geführt, dass es viel mehr Kinder mit Rechtschreibschwächen gibt als früher. In der dritten Klasse soll ja, ganz allmählich, die korrekte Rechtschreibung eingeführt werden oder das, was davon übrig ist. Viele Kinder haben sich aber so sehr an das Schreiben nach dem Lustprinzip gewöhnt, dass sie einfach nicht die Kurve kriegen. Wenn ein Kind Legastheniker ist, wird das frühestens in der dritten Klasse entdeckt. Das ist recht spät.

In der Zeitung wurde dazu die Rektorin einer Grundschule interviewt. Sie ist, trotz aller Probleme, von der neuen Methode begeistert. Die Kinder lernten zwar nicht unbedingt Schreiben. Aber sie seien mit so viel Freude bei der Sache. »Der Erfolgsdruck ist weg«, sagt die Rektorin. Bei ihr selber ist der Erfolgsdruck ja auch weg. Offenbar steuern wir auf eine Gesellschaft ohne Erfolgsdruck, ohne ehrliche Antworten und ohne Rechtschreibung zu. Damit komme ich klar, sofern man wenigstens ein paar Sonderschulen einrichtet, für Leute, die später mal Pilot, Lokführer oder Arzt werden. Da hätte ich es gerne, wenn die sich früh daran gewöhnt haben, unter Erfolgsdruck zu arbeiten.

Man soll aber auch ein paar Piloten, Lokführer und Ärzte zulassen, die ohne Erfolgsdruck und mit viel Freude die Rechtschreibung erlernt haben, in diesen Flugzeugen und Zügen müssen dann die deutschen Bildungsreformer reisen. Wenn das Flugzeug in Turbulenzen gerät und die Bildungsreformer kriegen Angst, dann dürfen ihnen die Stewardessen auf ihre Fragen immer nur ausweichend antworten. Stürzt das Flugzeug ab, dann soll der Pilot sich kurz in der Tür zeigen und sagen: »Der Flug ist nicht perfekt verlaufen. Aber ich war mit viel Freude bei der Sache.«

Gerechtigkeit

In der *Süddeutschen* hat ein Kollege, Tobias Kniebe, darüber geschrieben, dass er sich am Anblick absurd reicher Künstler, völlig neidfrei, erfreut. Er meint zum Beispiel Gangsta-Rapper, deren musikalische Originalität sich in Grenzen hält, die Millionen machen, sich mit kiloschwerem Schmuck behängen, fünfzehn Porsches in der Garage stehen haben und vor dem Abendessen drei Groupies vernaschen. *That's showbiz*. Oder reden wir über Joanne K. Rowling, die mit Harry Potter Milliardärin geworden ist. Oder über Paul McCartney.

Diese Leute sind gut in dem, was sie tun, aber sie sind natürlich nicht tausendmal besser als andere, die ebenfalls gut sind. Sie verdienen trotzdem tausendmal mehr. Es ist ungerecht. Sie haben das eigentlich nicht verdient. Der Kollege erfreut sich daran, dass es diese Möglichkeit gibt, die »symbolische Möglichkeit, aus dem Hamsterrad der Existenz auszubrechen«.

Ich sehe das genauso. Glück ist ungerecht. Der eine lebt gesund und stirbt jung, der andere wird trotz exzessiven Lebenswandels in bester Form sechsundneunzig. Das ist schon mal die erste und größte Ungerechtigkeit.

Der eine gewinnt im Lotto des Lebens, der andere zieht immer Nieten. Zwei Leute schreiben einen ähnlich guten Roman, durch eine Verkettung glücklicher Zufälle wird der eine zum Bestseller, für den anderen interessiert sich kein Schwein, und kein Experte weiß, wieso. Ach, in Wirklichkeit ist es oft noch schlimmer: Der gute Roman liegt wie Blei in den Regalen, ein mittelmäßiger wird zum Hit der Saison. Zwei tüchtige Unternehmer gehen mit dreißig an den Start, einer wird reich, der andere kriegt am Ende Hartz IV. Das Glück ist ungerecht, oder nennen Sie es halt meinetwegen Schicksal.

Vollkommene Gerechtigkeit ließe sich nur erreichen, indem man das Glück abschafft. Dann würden alle Leute mit, sagen wir, netto 78 Jahren sterben, also 83 Jahren minus Alterssteuer, Lotto wäre verboten. Die Einnahmen von Joanne K. Rowling würden gleichmäßig an alle Autoren der Welt verteilt, jeder einzelne Autor bekäme dann vermutlich so etwas wie 17,95 Euro.

Preise sind auch ungerecht. Immer, wenn jemand einen Preis kriegt, fallen mir andere ein, die auch gut sind und es genauso verdient hätten. Der Nobelpreis, der Oscar, der Joseph-Breitbach-Preis, in einer wirklich gerechten Gesellschaft gäbe es das alles nicht.

Nein, wenn alle mit 78 sterben, ist das auch wieder ungerecht. Man müsste die gesundheitlichen Anstrengungen jeder Person, ihren Wert für die Gesellschaft, die Zahl der Trauernden und tausend andere Sachen in ein Bonuspunktesystem umrechnen. Das gibt sicher viel Streit. Wenn sich die Mehrheit für ein bestimmtes System der Lebenszeitverteilung entschieden hat, würde der

Streit weitergehen. Einerseits findet jeder Gerechtigkeit gut, andererseits trifft man extrem selten zwei Menschen, die sich darüber einig wären, was genau unter »gerecht« zu verstehen ist.

Übrigens bin ich für sozialen Ausgleich. Ein bisschen Fürsorge, ein wenig Sicherheit – warum denn nicht? Niedrigere Managergehälter? Wenn's hilft. Aber ich bin gegen die Abschaffung des Glücks. Die winzige, berauschende Chance, den nächsten Harry Potter zu schreiben, würde ich mir ungern für 17,95 Euro abkaufen lassen. Es wird nicht passieren, ich weiß. Aber es könnte passieren, eines Tages schwimme ich vielleicht im Geld, oder du. Dann tun wir womöglich viel Gutes, was bestimmt ein geiles Gefühl ist, und für den Porsche wird trotzdem was übrig sein. Reiche Leute? Die haben halt den Nobelpreis des Schicksals gewonnen.

Schulnoten

Die Kultusministerin von Schleswig-Holstein, Waltraud Wende, möchte Schulnoten in allen Schulen abschaffen. Als erster Schritt werden Noten in der Grundschule abgeschafft. Zur Begründung schreibt Frau Wende in einem Artikel für die *ZEIT*, dass Noten unfair sind. Zitat: »Unterschiedliche Lehrkräfte bewerten dieselbe Leistung nicht zwingend mit derselben Note. Allzu oft sind Noten Glückssache!«
Das stimmt. In Wahrheit ist es allzu oft sogar noch schlimmer. Ich habe jahrelang in Mathematik durch Abschreiben sowie den Einsatz von Spickzetteln eine Note gehabt, die mit meinen tatsächlichen Kenntnissen nicht das Geringste zu tun hatte. Ich kann zählen. Ich kann Zahlen schreiben. Mit den Grundrechenarten kenne ich mich immerhin halbwegs aus. Alles andere habe ich nie begriffen. Trotzdem hatte ich in komplizierten Algebra-Arbeiten Noten bis hinauf zu einer Zwei minus. Allzu oft sind Noten geschummelt.

Frau Wende möchte, dass Leistung objektiv gemessen wird und dass es keine Glückssachen mehr gibt. Alles soll total gerecht sein. Es ist eine Titanenarbeit, die sie sich da vorgenommen hat. Allein schon die Tatsache, dass der eine Mensch 1,75 Meter groß ist, ich zum Beispiel, der andere aber zwei Meter, stellt eine Ungerechtigkeit dar, wenn sie beide vor einem Bücherregal stehen und an das oberste Brett herankommen möchten. Wenn aber alle Glückssachen konsequent abgeschafft werden, könnte es passieren, dass Waltraud Wende selbst ein Opfer ihrer Politik wird. Es gibt garantiert Hunderte von Menschen, die in der Lage wären, den Job einer Kultusministerin von Schleswig-Holstein passabel auszufüllen. Dass ausgerechnet sie es geworden ist, war Glückssache. Dass ich hier Kolumnen schreiben darf, ist ebenfalls Glückssache. Jeder, der jemals irgendwo irgendwas geworden ist, hat dies zum Teil glücklichen Umständen zu verdanken. Ich glaube, wir alle werden das Glück vermissen, wenn es tatsächlich verboten wird.

Statt Noten soll es in Zukunft »Kompetenzbeschreibungen« geben. Die Lehrer sollen ausführlich Kompetenzen und Defizite jedes Schülers beschreiben. Statt eines Zeugnisses wird jedem Schüler ein Essayband über sämtliche Facetten seiner Persönlichkeit ausgehändigt. Wenn eine Lehrerin eine Schülerin nicht mag, kann sie natürlich Folgendes machen: Sie gibt der Nervensäge keine schlechte Note, sondern beschreibt deren Verhalten in ihrem Essay in den düstersten Farben. Waltraud Wende will auch dieser Ungerechtigkeit einen Riegel vorschieben. Im Fach Deutsch zum Beispiel soll auch »Zuhören« bewertet werden. Ein Schüler, der weder lesen noch schreiben kann, immer Kaugummi kaut und niemals ein Wort sagt, findet in seinem Abiturzeugnis dann den Satz: »Ben kann gut zuhören und versteht auch manches.«

Offenbar werden, um seelische Verwundungen zu vermeiden, Schulzeugnisse den Arbeitszeugnissen angeglichen. Wenn ein Schüler die Mitschüler verprügelt, muss der Lehrer schreiben: »Tobias verfügt über gesundes Selbstvertrauen.« Trinkt eine Schülerin auf dem Schulhof Bommerlunder, heißt es: »Durch ihre Geselligkeit trägt Anna zur Verbesserung des Schulklimas bei.« In meinem Zeugnis hätte, in Bezug auf Mathe, gestanden: »Harald verstand es, Prüfungsaufgaben mit Erfolg zu delegieren.« Wird der Schüler aber, weil er mithilfe gefälschter Krankmeldungen geschwänzt hat, der Schule verwiesen, so heißt in Zukunft die faire Formulierung: »Lukas scheidet aus, um in einer anderen Lehranstalt eine höherwertige Tätigkeit zu übernehmen. Wir wünschen ihm vor allem Gesundheit.«

Risotto, Sir!

Ich habe zufällig in einem Buch geblättert, mit dem junge Schweizer sich auf die Abschlussprüfung in der Realschule vorbereiten. Dabei habe ich festgestellt, dass politische Korrektheit bereits Schulstoff ist, zumindest in der Schweiz. Eine Aufgabe lautete: »Streiche die politisch unkorrekten Wörter!« Zur Auswahl standen: »Trinker, dumm, nicht motiviert, dick, zum Kotzen, Zigeuner, Hure, gestorben, Invalide«.

Ich hätte da, als Prüfer, lieber einen richtigen Satz daraus gemacht, das ist realitätsnäher und macht den Kindern mehr Spaß. Übersetze folgenden Satz in ein politisch korrektes Deutsch: ›Zu dumm, dass der dicke Trinker ein Invalide ist, die ohnehin nicht motivierte Hure findet das zum Kotzen, aber er ist dann zum Glück rechtzeitig an seinem Zigeunerschnitzel erstickt und gestorben.« Das könnte ohne Weiteres die Zusammenfassung eines Romankapitels von Charles Bukowski oder Hans Fallada sein.

Ich konnte die Aufgabe nicht lösen. Ich denke mal, »gestorben« und »nicht motiviert« sind korrekt. »Dick«, »dumm«, »Zigeuner« und »Hure« halte ich für eindeutig unkorrekt. Bei »Trinker« und »Invalide« weiß ich nicht so recht. Vielleicht sagt man »Alkoholkranker«. Ein Invalide ist einer, der wegen einer Kriegsverletzung behindert ist, oder? Find ich okay, als Wort, außer dass alle Invalidinnen dabei natürlich ausgeschlossen werden. Vielleicht ist »Invalide« sexistisch.

Aber bei »zum Kotzen« war ich ratlos. Klar, ein derber Ausdruck, umgangssprachlich, aber politisch gesehen vermutlich korrekt. Es ist immerhin geschlechtsneutral. Die Kotzenden, wenn ich das mal so sagen darf, das Wort ist immerhin Schulstoff, die Kotzenden also sind ja auch keine fest umrissene Gruppe, die beleidigt sein könnte, wie etwa die Dummen. Sich erbrechen, das tut man meistens situativ. Schon eine halbe Stunde später trinkt so mancher wieder Alkohol und bestellt ein Zigeunerschnitzel. Ein Dummer dagegen ist eine halbe Stunde später immer noch genauso dumm.

Worum es mir anfangs ein bisschen leidgetan hat: das deutsche Palindrom. Bei einem Palindrom handelt es sich um eine Zeichenfolge, die von vorne und von hinten gelesen das Gleiche ergibt, etwa das Wort »Anna«. Satzpalindrome sind zum Beispiel die ökologische Parole »Leo, spar Rapsoel!«, das multikulturelle »Risotto, Sir!« oder das zum bewussten Umgang mit Wasser aufrufende »Tunk nie ein Knie ein, Knut!«. Ich habe mal gehört, das längste noch halbwegs sinnvolle deutsche Satzpalindrom habe 32 Buchstaben, ohne Leerräume. Es heiße so: »Ein Neger mit Gazelle zagt im Regen nie.«

Das geht natürlich überhaupt nicht mehr. Aber ich habe herausgefunden, dass man jetzt ein politisch korrektes neues Palindrom gefunden hat, das exakt genauso lang ist, 32 Zeichen, und sogar einen Beitrag zur Verkehrserziehung leistet. Es heißt: »Trug Tim eine so helle Hose nie mit Gurt?«

Im Kampf gegen Steuersünder gelten sonderbarerweise diese Regeln noch nicht. Warum redet man ständig von »Schwarzgeld«? Das ist doch weiß Gott kein afrikanisches Phänomen. Das Wort »Steueroasen« macht ausgerechnet die Menschen in der bitterarmen Sahelzone haftbar für Verbrechen, mit denen sie nichts zu tun haben. Und das Wort »Steuerflucht« verharmlost zweifellos in gewisser Weise das Leid der echten Flüchtlinge. Sensibilität kommt bei uns immer nur selektiv zum Einsatz, wobei ich über das Wort »selektiv« vielleicht noch nicht lange genug nachgedacht habe.

Für Negerfreunde

Der Comedian Marius Jung aus Köln ist schwarz. Seine Eltern sind weiß. Er wurde nicht adoptiert, sondern kam, wie er schreibt, als »Ergebnis eines Fehltritts« auf die Welt. Darüber, wie man als schwarzer Deutscher in Deutschland lebt, hat er ein satirisches Buch geschrieben. Er wählte den Titel: *Singen können die alle! Handbuch für Negerfreunde.*

Marius Jung schreibt in seinem Handbuch: »Natürlich ist mir die rassistische Bedeutung des Begriffes ›Neger‹ klar. Ich gehe davon aus, dass Sie mit dem Prinzip der Ironie vertraut sind.« In dem Buch schildert er, recht lustig, einerseits den versteckten Rassismus, der ihm nicht selten begegnet, andererseits seinen Ärger über den »rührenden Kinderglauben« der »Sprachpolizei«. Auf dem Titelbild, einer Montage, zeigt er sich selbst als muskelbepackten nackten Adonis mit einer großen Schleife vor dem Geschlechtsteil. Aha, er spielt also mit Klischees. Humoristen tun das recht oft. Außerdem ist es das Ziel eines Buchcovers, aufzufallen.

Ich bin fast vom Hocker gefallen, als ich las, dass Marius Jung einen Negativpreis für besonders schlimmen Rassismus bekommen hat. Verliehen wird der Preis vom Studentinnenrat der Universität Leipzig, Referat für Gleichstellung, Lebensweisenpolitik und Tralala. Mit dem Preis soll »die Sichtbarmachung und das Empowerment von marginalisierten Meinungen und Empfindungen gefördert werden, welche im Vergleich zur patriarchal geprägten Mehrheitsgesellschaft ...« – also, wer diesen Text ohne Sodbrennen zu Ende lesen kann, dem spendiere ich einen Mohrenkopf. Ich gehe davon aus, dass Sie mit dem Prinzip der Ironie vertraut sind.

Die Vorstellung, dass vermutlich meist schwanenweiße Jungs und Mädels in Deutschland einen rabenschwarzen Künstler wegen Rassismus an den Pranger stellen, nur weil dieser schwarze Bengel sich die Frechheit erlaubt, so etwas ihren deutschen Quadratschädel Überforderndes wie Satire und Sarkasmus zum Einsatz zu bringen, hat etwas Gespenstisches, oder? Das Cover kann man missglückt finden, wer es rassistisch findet, hat vor allem ein Bildungsproblem. Man muss alles im Kontext sehen, habt ihr denn in der Schule nicht eine Minute aufgepasst, ihr Leipziger Gendergenies? Als Nächstes könnt ihr euren Preis posthum dem Dramatiker Arthur Miller geben, *Hexenjagd* ist ja wohl eindeutig ein frauenfeindlicher und sexistischer Titel. Geht bloß nie in einen Tarantinofilm, diese Filme sind so vieldeutig, da fliegt euch die patriarchal geprägte Schädeldecke weg.

Dann habe ich mich beruhigt, ich bitte die Leipziger Gleichstellungsprinzessinnen um Entschuldigung für meine Grobheit. Die sind auch Opfer. An den Schulen wird ja nichts mehr gelernt. Um in Deutsch das Abi zu bestehen, reicht es wahrscheinlich, die Comicfiguren

Wum und Wendelin unterscheiden und einen der beiden Namen richtig schreiben zu können. Solche Studenten sind das Ergebnis.

Apropos Neger: Aus den Kinderbüchern von Ottfried Preußler ist nicht nur das Wort »Neger« vom Verlag gestrichen worden, sondern auch, was weniger bekannt ist, das Wort »wichsen«. Bei Preußler heißt Schuheputzen »wichsen«. Da könnten die Kinder vielleicht auf die Idee kommen, der Schuh besitze einen, zumindest marginalisierten, Penis. Und der Räuber Hotzenplotz masturbiere seinen Schuh, gemeinsam mit der kleinen Hexe. Wenn die Kinder nicht mehr lernen, dass Texte je nach Kontext und Entstehungszeit verschiedene Bedeutungen haben können, bleibt am Ende als Arbeitsplatz natürlich nur das Leipziger Referat für Gleichstellung.

Akif Pirinçci

Vor längerer Zeit bin ich von ein paar Jugendlichen verprügelt worden, auf dem abendlichen Heimweg. Einen Anlass gab es nicht. Sie ohrfeigten mich und traten auf mich ein, als ich am Boden lag. Dann zogen sie gut gelaunt ihres Weges. Wie ihrem Akzent zu entnehmen war, hatten sie einen sogenannten Migrationshintergrund. Ich war nicht ernsthaft verletzt und ging nicht zur Polizei, zum Teil aus Scham. Man kennt das auch von gravierenderen Delikten. Man will diese Scheiße einfach nur vergessen.

Jahre später, als der Neuköllner Bürgermeister Heinz Buschkowsky als Rassist beschimpft wurde, weil er geschrieben hatte, es gebe in Berlin ein Problem mit gewalttätigen Jugendlichen speziell aus muslimischen Familien, erinnerte ich mich an diesen Vorfall. Ich schrieb eine Kolumne. Man findet sie leicht im Internet. Darin stand, dass der Vorfall, falls ich Migrant wäre, statt der Täter, gewiss als Beweis für Ausländerfeindlichkeit gewertet würde. Da ich aber urdeutsch aussehe, beweist der Vorfall gar nichts. Ich hatte einfach Pech.

Denken Sie sich an dieser Stelle bitte zwanzig Zeilen politische Korrektheit, ich bin zu faul, das aufzuschreiben.

Es gibt soziale Ursachen, man darf nicht verallgemeinern, auch Deutsche tun so was et cetera. Das stimmt alles. Aber meine These war, dass es tatsächlich ein Problem sein kann, über solche Dinge einfach die Wahrheit zu sagen.

Daraufhin wurde ich massenhaft als Rassist beschimpft. Ist das nicht verrückt? Ich finde es verrückt. Die Kommentare klangen so: Unglaublich, dass so etwas gedruckt wurde! Sehen Sie, genau das ist Rassismus! Ein Autor auf dem Weg in den Populismus!

Eine Gruppe deutschtürkischer Journalisten lud mich sehr nett ein, mich mit ihnen zu treffen, sie würden mich gerne von meinen ausländerfeindlichen Vorurteilen befreien. Was denn für Vorurteile? Dadurch, dass ich verprügelt wurde und, ganz sachlich, einfach nur davon erzählte, habe ich mich in den Augen dieser Leute schuldig gemacht. Ich bin durchs Verprügeltwerden zum Täter geworden. Das muss man erst mal schaffen.

Jetzt gibt es den Bestseller von Akif Pirinçci, *Deutschland von Sinnen*. Darin wird das »Gutmenschentum« angeprangert. Ich mag das Buch nicht, es ist mir zu zotig. Das humanistische Gymnasium kriege ich nicht aus mir raus, nun, es wird ja auch abgeschafft, zu elitär. Manches in dem Buch trifft natürlich zu. Und wieso Pirinçci mit Hitler verglichen wird, während Bushido für den gleichen Sound etliche Kulturpreise bekommen hat, kann man ohne Inanspruchnahme des Wortes »Gutmenschentum« wohl wirklich nicht begreifen. Dann schrieb mir ein Leser, ich käme in dem Buch auch vor, Seite 228.

Akif Pirinçci zitiert die alte Kolumne und prangert mich, gleich nach der Autorin Sibylle Berg, als schlimmes Beispiel für Gutmenschentum an. Begründung: Ich habe den Vorfall nicht an die große Glocke gehängt und bin nicht zur Polizei gegangen. Typen wie mir, liberalen deutschen Intellektuellen, solle man besser gleich mit Schmackes eine Eisenstange auf den Kopf hauen, damit sie kapieren, wie schlimm die Zustände sind.

Ich habe mich gefreut, weil mir Gutmenschentum relativ selten vorgeworfen wird. Es ist anregend, mal eine originelle Kritik zu lesen. Andererseits ist diese Geschichte ein Beweis für die alte Volksweisheit, dass man es den Menschen nicht recht machen kann. Schweigen, reden, es ist immer verkehrt. Ich glaube, man sollte einfach immer nur der Stimme des Herzens folgen. Das haben die Jugendlichen ja auch getan.

Der Abhörskandal

Kürzlich ist untersucht worden, wie die Deutschen arbeiten. Dabei kam heraus, dass der oder die typische deutsche Angestellte ziemlich genau einen Arbeitstag der Woche mit Konferenzen verbringt. Ein zweiter Arbeitstag geht, komplett, mit der Lektüre und der Beantwortung von E-Mails drauf. Für den gesamten Rest, also die eigentliche Arbeit, bleiben drei Tage übrig. Wir könnten, wenn wir auf Konferenzen und, weitgehend, auf E-Mails verzichten, schon morgen die Dreitagewoche einführen. Falls wir vier Tage arbeiten, überholen wir in puncto Fleiß China. Das ist wissenschaftlich erwiesen.

Mir ist noch kein Mensch begegnet, der Konferenzen gut findet. Niemand sagt: »Ohne Konferenzen würde mir mein Job nur halb so viel Spaß machen. Es bringt wahnsinnig viel, dieses ganze Reden und das Herumsitzen. Ohne Konferenzen würde unser Laden nicht laufen.« Stattdessen sagen viele das Gegenteil. Es gibt immer mehr Konferenzen, weil dies angeblich ein Zeichen von demokratischem Betriebsklima und von frei flottierender innerbetrieblicher Kreativität sein soll. Alle dürfen mitreden. Und das tun sie dann auch, Gott sei's geklagt.

Mit den Chefs verhält es sich so: Ein Mensch, der in der Hierarchie aufsteigt, steigt in der Regel deswegen auf, weil er oder sie als fähig, kompetent und kreativ gilt. Oft stimmt das sogar. Von nun an muss dieser Mensch in noch mehr Konferenzen sitzen und noch mehr E-Mails lesen. Unser System ist so angelegt, dass fähige Personen automatisch aus dem eigentlichen Produktionsprozess aussortiert werden. Als Chef müssen sie sich in einen Moderator verwandeln, der 30 Prozent seiner Zeit damit verbringt, in Konferenzen die Monologe von Wichtigtuern abzuwürgen. Der Türsteher aus dem Club Berghain könnte das viel besser.

Der Abhörskandal, diese Sache mit der NSA, hat meiner Ansicht nach für Deutschland auch positive Aspekte. Erstens: Aus Angst davor, dass die Amerikaner alles mitlesen, werden vielleicht weniger E-Mails geschrieben. Dies würde unsere Wirtschaft und unsere Nerven stärken. Zweitens: Wir Deutschen dürfen uns als Opfer fühlen. Wir sind die verfolgte Unschuld. Das war es doch, wovon wir seit fast siebzig Jahren geträumt haben. Endlich tut uns mal einer was, es wurde langsam mal Zeit. Das ist ein gutes Gefühl.

Jedes Jahr veranstalten Computerforscher einen Kongress, bei dem sie testen, ob Computer inzwischen eine ähnliche Intelligenz besitzen wie Menschen. Die Computer scheitern immer. Dies ist zum Beispiel eine Frage, die kein Computer der Welt beantworten kann: »Der Ball bricht durch den Tisch, weil er aus Styropor ist. Wer ist aus Styropor – der Ball oder der Tisch?«

Computer kapieren weder Ironie noch Sarkasmus noch

Humor. Deswegen können Computer auch keine E-Mails lesen. Sie können nur nach Wörtern suchen. »Hallo, Mohammed! Ich wohne jetzt im Weißen Haus. Wenn es weiter so schneit, mache ich Terror und bombardiere im Namen des Propheten die Wolken. Dein Mehmet.« Diese Sätze würden den Autor sofort für ein Computerprogramm zum Verdächtigen machen, während jeder Mensch sofort begreift, dass es Quatsch ist und der gute Mehmet ein Scherzkeks.

Deswegen müssen verdächtige Mails, nachdem der Computer sie herausgefischt hat, immer von Menschen gecheckt werden. In Anbetracht des millionenfachen deutschen E-Mail-Aufkommens ist das eine Aufgabe, die mich für die Zukunft der Weltmacht USA schwarzsehen lässt. Wenn wir aber all unsere Konferenzen im Wortlaut protokollieren und die Protokolle ins Netz stellen, bedeutet dies den Untergang des amerikanischen Imperiums.

Steuerhinterziehung

In einem Punkt bin ich ein bisschen anders als Uli Hoeneß. Vor zwei Jahren hatte ich eine harte Steuerprüfung. Ergebnis: Ich bin, als Steuerbürger, nachweislich Mutter Teresa und Albert Schweitzer in Personalunion. Seit Wochen lese ich nun täglich, wie schlimm Steuerhinterziehung ist. Steuerhinterziehung – kein Kavaliersdelikt. Offenbar sehen viele Menschen ein gewisses Maß an Steuerhinterziehung als Kavaliersdelikt an, zum Beispiel eine falsch deklarierte Quittung oder falsche Kilometerangaben. Den Satz »Körperverletzung ist kein Kavaliersdelikt!« oder den Satz »Viele Deutsche glauben, ein bisschen Diebstahl sei ganz okay« habe ich nämlich noch nie in einem Zeitungstext gelesen.

Ich möchte kurz erklären, warum Teile der Bevölkerung Steuerhinterziehung anders beurteilen als Körperverletzung oder Diebstahl.

Diebstahl oder Körperverletzung sind klar definiert. Jeder weiß, was das ist. Die Steuern dagegen werden ständig dem Finanzbedarf oder der wirtschaftspolitischen Lage angepasst, mit Argumenten, die man richtig oder falsch finden kann. Die politischen Mehrheiten spielen eine Rolle, die eine Partei hält höhere, die andere niedrigere Steuern für wünschenswert. Es schwankt auch von Staat zu Staat. Da herrscht viel Spielraum für Willkür und für Meinungen.

Dass es grundsätzlich notwendig ist, Steuern zu zahlen, werden 99 Prozent der Menschen bejahen. Aber wie viel? Vergleichen Sie den Satz »Du sollst nicht stehlen« in seiner Wucht und Klarheit bitte mit dem Satz »Du sollst die Steuern zahlen, die von der aktuellen Regierung für notwendig erklärt werden, mit Argumenten, die du für fragwürdig hältst«. Wenn alle paar Jahre der Begriff »Diebstahl« neu definiert würde und sie das Strafmaß neu festsetzen würden und wenn Diebstahl heute bis zu einem Wert von zwei Euro legal wäre, morgen aber bis zu einem Wert von 2,20 Euro, dann gäbe es sehr bald auch bei diesem Delikt ein Akzeptanzproblem.

Ich finde, dass man auch das Delikt »Steuererschleichung« unter Strafe stellen sollte. Wenn man den Menschen mit gespielter Fürsorglichkeit sagt, sie sollen unbedingt privat Geld zurücklegen fürs Alter, die Renten seien zu niedrig, und dann legen die Menschen Geld zurück, als Nächstes aber führt man, Überraschung gelungen, die Steuerpflicht für Rentner ein, um den gutgläubigen Alten genau die paar Prozent, die sie für sich gespart haben, wieder wegzunehmen, handelt es sich um Steuererschleichung plus Heimtücke plus Vorsatz, die mit Freiheitsstrafe nicht unter drei Jahren bestraft werden muss, außer die Regierung zeigt sich selbst an und gibt den Rentnern ihr Geld mit fünf Prozent Strafzinsen zurück. Wenn man eine neue Steuer einführt und feierlich schwört, es handele sich um eine zeitlich begrenzte Solidaritätsabgabe für den Aufbau Ost, dann aber, wenn der Osten aufgebaut ist, sagt, April, April, wir brauchen irgendwie das Geld, deswegen bleibt die Steuer, also die gleiche Begründung verwendet wie ein Dieb, denn der Dieb braucht das Geld, welches er stiehlt, im Grunde ja auch, dann ist dies Steuererschleichung in Tateinheit mit Volksbelügung und Vortäuschung falscher Finanztatsachen.

Wenn aber Steuern für Normalverdiener erhöht werden mit der Begründung, diese Menschen seien reich und es müsse endlich Gerechtigkeit herrschen in Deutschland, dann aber wird ein Teil des Geldes, statt an Obdachlose verteilt zu werden, für die Stützung von Großbanken verwendet, dann hilft nur noch Sicherungsverwahrung.

Ich bin für Steuerehrlichkeit. Sie darf aber keine Einbahnstraße sein. Überall, wo der Satz steht: »Steuerhinterziehung ist kein Kavaliersdelikt«, bitte ich, den Satz zu ergänzen: »Ehrlichkeit darf keine Einbahnstraße sein.«

Steuererhöhungen

Mir fällt seit Jahren auf, dass immer, wenn bei uns irgendein Problem auftaucht, sofort zwei Dinge vorgeschlagen werden. Erstens eine Sondersteuer, zweitens ein Verbot. Achten Sie darauf. Es stimmt immer. Wegen Griechenland und der damit vermutlich verbundenen Ausgaben wurde von allen möglichen Leuten die Einführung einer Sondersteuer vorgeschlagen. Die EU-Steuer. Gleichzeitig wurde, zum Teil von denselben Leuten, gefordert, die Rating-Agenturen zu verbieten.

Erstens Steuer, zweitens Verbot.

Als politisch interessierter Mensch denkt man, neue Steuern, so was muss von der SPD kommen. Als ich »SPD fordert neue Steuer« gegoogelt habe, kamen denn auch 1 620 000 Treffer. In Wirklichkeit ist das aber gar keine Spezialität der SPD. Ich habe mir aufs Geratewohl, nach dem Zufallsprinzip, ehrlich, irgendein Problem ausgesucht, ein umstrittenes Thema. Warum nicht die Integration von Migranten?

Bingo: Josef Winkler, stellvertretender Fraktionschef der Grünen im Bundestag, fordert zur Lösung dieses Problems die Integrationssteuer. Die NPD, die von der SPD und den Grünen nun wirklich weit entfernt ist, verlangt das Gleiche. Nur heißt es bei denen »Migrantensteuer« und soll nur von den Migranten bezahlt werden, bei den Grünen zahlen alle.

Es gibt leider viele Menschen, die gefährliche Drogen nehmen. Zur Lösung des Drogenproblems schlägt Monika Knoche, Linkspartei, eine Drogensteuer für Dealer vor. Andere Menschen sind gegen die Versuchungen der Drogen gefeit, aber sie essen zu viel. Die Dickensteuer für Übergewichtige ist eine Idee des CDU-Politikers Marco Wanderwitz. Man muss dann wahrscheinlich immer die Steuererklärung im Finanzamt persönlich abgeben und sich dort auf die Waage stellen. Der Gerechtigkeit halber erwähne ich, dass die Dickensteuer in der CDU bisher nicht mehrheitsfähig war, unter den CDU-Politikern sind ja auch viele selbst ein bisschen moppelig.

Was aber die SPD betrifft, so hat sich in dieser altehrwürdigen Partei eine faszinierende, facettenreiche und regional aufgefächerte Steuererhöhungsfolklore entwickelt. In jeder deutschen Region favorisiert die örtliche Sozialdemokratie eine bestimmte regionale Steuerspezialität, so wie man halt in Bayern Weißwurst isst und in Hamburg eher Labskaus. In Nürnberg scheint es viele Spielhallen zu geben, die SPD Nürnberg fordert folglich eine Spielhallensteuer. In Dortmund dagegen hat die SPD die Pferdesteuer auf ihre Fahnen geschrieben, während die SPD der Bergstraße die Wiedereinführung der Jagdsteuer verlangt. In Brandenburg wird dem Volk von der SPD die Einführung einer Lärmsteuer versprochen. Fragen Sie ruhig mal im örtlichen SPD-Büro nach, welche Steuer dort gerade gefordert wird!

Ich bin nicht grundsätzlich gegen Steuern und gegen Verbote, das Verbot des Diebstahls zum Beispiel wird von mir mit jeder Faser meines Herzens bejaht. Gegen Finanzkrisen hilft angeblich eine Transaktionssteuer oder eine Börsenumsatzsteuer, vielleicht ist es so, ich kann es nicht beurteilen. Ich bin allerdings Neosurrealist. Die Parole des Surrealismus lautete: »Die Fantasie an die Macht!« Insofern fände ich es schön, wenn irgendwann irgendwo irgendwem eine andere Lösung für ein Problem einfiele als ein Verbot oder eine Steuererhöhung. Bei den Dicken schlage ich schon mal vor: weniger essen.

Wahlen

Ich bin ein schlechter Wähler. Ich kann das nicht. Ich mache mir Gedanken, suche eine Partei aus, wähle die, und dann tun sie vier Jahre lang ununterbrochen Dinge, die mich ärgern. Das, was sie versprochen haben, tun sie fast nie, stattdessen andere Sachen, von denen zuvor nie die Rede gewesen ist und die mich ärgern. Ich bin selber schuld, ich hab sie gewählt. Wenn meine Partei an die Regierung kommt, heißt das für mich vier Jahre Schuldgefühl. Wenn eine Partei Mist baut, die ich nicht gewählt habe, bleibe ich cool. Da denke ich, dass ich unschuldig bin.

Deswegen kann ich keine Wahlempfehlung abgeben. Ich könnte höchstens dazu raten, meiner Wahlentscheidung auf keinen Fall zu folgen. Die von mir bevorzugte Partei wird immer sehr viel Mist bauen. Trotzdem bin ich jedes Mal zur Wahl gegangen. Ich bin Deutscher, ich kann mit Schuld gut umgehen.

Die *Süddeutsche Zeitung* hat 600 Abgeordnete aus Bund und Ländern zu eher persönlichen Themen befragt, zum Beispiel: Darf man von Freunden Zinsen nehmen? Oder: Darf man sich bei einer Entscheidung auch mal auf das Bauchgefühl verlassen?

In sämtlichen Parteien gibt es eine solide Mehrheit gegen das Bauchgefühl, 67 bis 80 Prozent. Jeden einzelnen Fehler, den sie machen, überlegen sie sich angeblich vorher ganz genau, das ist alles sorgfältig geplant. In Wirklichkeit ist das Bauchgefühl ein hervorragender Ratgeber, dazu gibt es haufenweise Studien.

Die Frage, ob im Leben auch mal Notlügen erlaubt sind, zum Beispiel um die Gefühle eines Menschen nicht zu verletzen, wird von Abgeordneten aller Parteien mit großer Mehrheit verneint. Es sei besser, jemanden mit der Wahrheit zu verletzen, als seine Gefühle mit einer Lüge zu schützen – diesen Quark behauptet eine Mehrheit in sämtlichen Parteien. Wenn in der Wahlversammlung von CDU, SPD, Grünen oder wem auch immer ein von eiternden Warzen übersätes kleines Mädchen aufsteht und fragt: »Bin ich schön?«, dann wird der oder die Abgeordnete demnach antworten: »Aber nein, mein liebes Kind. Du bist so hässlich, wie die Nacht schwarz ist. Deine Hässlichkeit ist nachhaltig.« Wir werden von Monstern regiert.

Natürlich war die Antwort der Abgeordneten gelogen. Ein Leben ohne Lüge ist unmöglich. Ein Autor hat es mal ausprobiert und darüber ein Buch geschrieben, er hat immer die Wahrheit gesagt, nach kurzer Zeit war er sozial isoliert, seine Freundin wollte ihn verlassen. Zu behaupten, dass man niemals lügt, ist die größte überhaupt denkbare Lüge.

Am interessantesten finde ich die Frage, ob die Politiker, wenn weit und breit kein Auto zu sehen ist, auch mal bei Rot über die Ampel gehen. Fast jeder tut das. Ein Mensch, der um ein Uhr nachts einsam an einer Ampel steht, auf zwei Kilometer Sicht kein Auto, und der dann auf Grün wartet, leidet sehr wahrscheinlich an einer komplizierten psychischen Störung. Gestörte an der Macht – das wäre gefährlich. Das wollen wir, gerade in Deutschland, nie wieder erleben.

Zu meiner Beruhigung hat sich in fast allen Parteien eine Mehrheit von bis zu 80 Prozent der Politiker dazu bekannt, zumindest in gewissen Situationen bei Rot eine Straße zu überqueren. Einzige Ausnahme: die CSU. 53 Prozent der CSU-Abgeordneten bleiben angeblich bei Rot stehen, egal, was passiert, vermutlich auch bei Starkregen oder wenn ein Wahnsinniger mit gezückter Waffe hinter ihnen her ist. Wer in Bayern einen Putsch ausführen möchte, muss einfach nur dafür sorgen, dass alle Ampeln auf Rot stehen, damit ist die Regierung komplett ausgeschaltet.

Der Fall Guttenberg

Das, was an dem Fall Guttenberg ebenfalls interessant war, aber von kaum jemandem aufgegriffen wurde: seine Wunderheilung. Minister Karl-Theodor zu Guttenberg pflegte eine Brille zu tragen. Bei seinem Comeback in der Öffentlichkeit, einige Zeit nach der Plagiatsaffäre, die ihn sein Amt kostete, trat er den Menschen ohne Brille entgegen. Man kann natürlich zu Kontaktlinsen übergehen. Man kann sich lasern lassen. Deshalb hatte ich mir, ehrlich gesagt, über die Abwesenheit der Guttenbergschen Brille keine Gedanken gemacht. Im *ZEIT*-Interview, dem ersten nach der Affäre, wird er dann nach der Brille gefragt.

Guttenberg sagt, er habe von einer Ärztin in den USA erfahren, dass er überhaupt keine Brille brauche. Er könne, wörtlich, »vollkommen ausreichend sehen« – deswegen, vermute ich, sah er plötzlich auch die »Spinnweben«, die nach seinen Worten über der CSU liegen. Einige Zeilen weiter im Interview sagt er, dass er »auf dem linken Auge extrem kurzsichtig« gewesen sei, auf dem rechten Auge hingegen »relativ weitsichtig«, und zwar seit Jahren. Ihm sei aber erklärt worden, dass die Augen sich im Alter verbessern können. Jetzt trage er nur noch beim Autofahren

Brille. Mit Eitelkeit jedenfalls habe die ganze Sache nicht das Geringste zu tun.

Zufällig habe ich einen ähnlichen Augenfehler, ein Auge kurz-, das andere weitsichtig. Vom Augenarzt weiß ich, dass es tatsächlich das Phänomen der Altersweitsichtigkeit gibt. Eine Kurzsichtigkeit kann sich, etwa ab dem vierzigsten Lebensjahr, abmildern. Weitsichtigkeit wird meistens schlimmer. Menschen, deren relativ starke Weitsichtigkeit im Laufe des Alterns verschwindet, sind erstaunliche Naturphänomene, vor allem, wenn dies innerhalb kurzer Zeit geschieht.

Noch erstaunlicher ist es, wenn, wie im Falle Guttenberg, das eine Auge, das kurzsichtige, sich in Richtung Weitsichtigkeit entwickelt, während das andere Auge, das weitsichtige, in seiner Entwicklung die genau umgekehrte Richtung einschlägt. Dies sind Vorgänge, die man nur mit Jesu Wandeln über das Wasser vergleichen kann. Guttenbergs Körper gehört nicht in die Politik, er muss der Wissenschaft zur Verfügung stehen.

Und wenn er doch die Unwahrheit sagt? Schon wieder? Heimlich Kontaktlinsen zu tragen, nein, das wäre die denkbar größte Dummheit. Was ich für möglich halte: Dass Herr Guttenberg auch seine Brille nicht sauber gekennzeichnet und auf verschiedenen Datenträgern abgelegt hat, wie die Zitate in der Doktorarbeit, und sie aufgrund seiner chaotischen Arbeitsweise und seiner Belastung als junger Vater einfach nicht wiederfindet. Nun hat er nicht die Kraft, das sich selbst gegenüber einzugestehen.

Lichtschalter

Ich bin nicht fortschrittlich. Dies ist mir bei der Frankfurter Buchmesse ein weiteres Mal klargeworden. Der Verlag, in dem mein neuestes Buch erschienen ist, hatte ein Hotelzimmer gebucht. Es war ein sehr gutes Hotel, ein Luxushotel. Der Verlag mag mich irgendwie. Ich bekam sogar die Juniorsuite in dem sehr guten Hotel. Dann ging ich zu einer Party und kehrte am späten Abend zurück. In dem Zimmer brannte Licht. Es war sehr hell, und das Bett war aufgedeckt. Das macht man so in den guten Hotels.

Ich wollte das Licht ausmachen. Aber ich fand den Lichtschalter nicht. An den Wänden des Zimmers war kein einziger Lichtschalter zu finden. Das waren völlig glatte Wände, aalglatt, versteht ihr. Ich habe mit den Händen die Wände betastet, jeden verdammten Quadratzentimeter. Ich dachte, dass ich vielleicht zu betrunken bin. Aber wenn ich zu betrunken bin, um einen Lichtschalter zu finden, dachte ich, dann könnte ich doch sehr wahrscheinlich einen so komplexen Gedanken gar nicht denken wie »vielleicht bin ich zu betrunken«.

Ich habe versucht, bei Licht zu schlafen. Das geht. In den Gefängniszellen von Nordkorea brennt praktisch immer Licht. Am Morgen bin ich zur Buchmesse. Abends brannte das Licht immer noch. Ich habe einen der Hotelportiers gerufen. Der Hotelportier suchte und suchte und sagte: »Tja. Also ich weiß auch nicht, wie hier das Licht ausgeht. Ich arbeite noch nicht lange hier.« Er sagte, dass er den Manager schickt. Um das Licht auszumachen, muss der Manager kommen! Wenn es in teuren Hotelzimmern keine Lichtschalter mehr gibt, dann sind sehr wahrscheinlich als Nächstes die Betten an der Reihe. Irgendwann komme ich in ein fortschrittliches Hotelzimmer hinein, in dem kein Bett steht. Und zwar deshalb, weil ein Designer der Auffassung ist, Betten seien altmodisch, oder nicht hip, vielleicht auch sexistisch.

Dann habe ich, auf der Suche nach Beruhigungstabletten, die Nachttischschublade aufgezogen. In der Schublade war eine Art Kommandozentrale mit einem riesigen Touchscreen versteckt, der mich sofort an *Raumschiff Orion* erinnert hat. Ein Dutzend Symbole. Da konnte man unter anderem das Licht ausmachen. In der Schublade. Auf dem Touchscreen. Blöd war, dass es in dem Zimmer dann wirklich total dunkel gewesen ist. Man musste sich, wenn man abends weggehen wollte, in der Dunkelheit zur Zimmertür vortasten, denn es gab ja nicht mehr, wie früher, einen Hauptschalter neben der Tür.

Ich frage mich, ob die Existenz von Lichtschaltern in der neueren Menschheitsgeschichte wirklich mal jemanden gestört hat. Ich tippe: nein. Lichtschalter können schön sein. Es ist auch praktisch, wenn es in einem Zimmer Schalter an jeder einzelnen Lampe gibt statt eine Kommandozentrale, wo man dann immer hingehen muss.

Ein Designer, der Lichtschalter aus einem Zimmer wegdesignt, löst damit ein Problem, das es vor dem Auftauchen des Designers überhaupt nicht gegeben hat. Nein, viel schlimmer, er schafft ein Problem, und zwar dort, wo es vorher eine Lösung gab.

Das Gleiche denke ich, wenn ich avantgardistische Armaturen in Badezimmern sehe, die kein Mensch auf Anhieb begreift. Der Fortschrittsgedanke beruht auf dem wahnsinnigen Glauben, dass wir die erste intelligente Generation von Menschen sind, die es gibt, und dass vor uns lauter Dummköpfe gelebt haben. Deshalb müssen wir alles, was die Vorfahren uns hinterlassen haben, verbessern, zum Beispiel das Konzept »Lichtschalter«.

Einladungen

Ich möchte mich entschuldigen. Ich habe mich von Unternehmern einladen lassen, ich habe in teuren Hotels übernachtet und nichts dafür bezahlt. Wenn man Reportagen für einen Reiseteil in der Zeitung schreibt, dann läuft das oft so. Der Verlag bezahlt auch nichts. Verlage haben kein Geld, dagegen kann man nichts machen. Man übernachtet in teuren Hotels, der Unternehmer lädt ein, hinterher schreibt man darüber, wie schön es war.

Ich habe nicht gelogen. Es war wirklich schön. Andernfalls hätte ich in der Redaktion anrufen können, ich hätte sagen können, Leute, so toll war die Reise nicht, so etwas kann man niemandem empfehlen. Eine seriöse Redaktion hätte das natürlich akzeptiert. Sie hätten dann nichts gebracht über die unschöne Reise. Ein freier Autor bekommt dann allerdings auch kein Geld oder nur ein kleines Ausfallhonorar. Diese Hürde ist recht hoch.

Ich habe mich auch von Politikern einladen lassen, unter anderem von Guido Westerwelle. Ich habe ihn auf einer Reise begleitet. Mein Text war möglicherweise ein bisschen kritisch, vor allem aber war er lang und groß und wäre ohne die Einladung nicht geschrieben worden.

Vor vielen Jahren habe ich es erlebt, dass bei einer Reise – nicht bei einer Politikerreise, nicht bei einer Reise für das Reiseressort, es war ein Wirtschaftsthema – der Unternehmer den Journalisten Damen zur Verfügung stellte, die ihnen die Nacht im Hotelzimmer noch angenehmer gestalten sollten. Journalistinnen waren nicht dabei. Etwa zwei Drittel der Journalisten lehnten ab, ein Drittel nahm an.

Als Kulturredakteur habe ich es oft erlebt, dass Kritiker lobende Besprechungen über die Bücher oder die Filme von engen Freunden schrieben. Oder sie schrieben extrem harte Verrisse über Bücher und Filme von Leuten, an denen sie sich aus privaten Gründen rächen wollten. Eigentlich ist das Betrug.

Dass Chefredakteure oder Verleger von mächtigen Menschen angerufen werden oder von Freunden, um das Erscheinen von kritischen Texten zu verhindern, ist normal. Meistens wird dieser Wunsch abgelehnt. Aber nicht immer. Wenn es immer erfolglos wäre, dann wäre dieser Brauch längst ausgestorben. Ich gebe zu, dass ich auch schon mal in Texten ein oder zwei Sätze weggelassen habe, weil ich genau wusste, dass eine bestimmte Person sehr engen Kontakt pflegt mit einer anderen Person, die zufällig mein Vorgesetzter ist. Ich wollte keinen Ärger haben. Ich bin kein Vorbild.

Damit will ich nicht etwa sagen, dass der Journalismus in Deutschland korrupt und moralisch verkommen sei. Das ist er nicht. Er ist nicht besser oder schlechter als der Rest der Gesellschaft. Die Medien werden halt nicht so genau kontrolliert wie die Politik. Ich will auch keineswegs sagen, dass man korrupte Politiker schonen sollte, mit dem Argument, dass anderswo auch ein Quantum Schmutz unter dem Teppich liege. Schlawiner, die man erwischt, müssen bestraft werden. Andernfalls gäbe es bald nur noch Schlawinertum in der Welt, die Versuchung wäre zu groß. Ich wundere mich nur, bei den Affären der letzten Zeit, über den selbstgewissen, eifernden Ton in den meisten Kommentaren, manchmal sogar in meinen eigenen. Es klingt fast immer so, als sprächen da Heilige, die gegen jede Versuchung gefeit wären, was in 95 Prozent der Fälle gelogen ist.

Wissen Sie, was ich an der Tugend nicht mag? Wer sich ehrlos verhält und nicht erwischt wird, der hat davon einen Vorteil. Wer sich aber tugendsam verhält, der hat in den meisten Fällen gar nichts davon. Das ist der eigentliche Skandal!

Statussymbole

Als Angela Merkel auf Staatsbesuch in Griechenland war, haben dort Demonstranten aus Protest Hakenkreuzfahnen gehisst. Da war ich irritiert, weil meines Wissens die Deutschen den Griechen Milliarden an Krediten und Bürgschaften zur Verfügung stellen. So etwas hätte Adolf Hitler niemals getan. Hitler hatte selber einen Haufen Schulden.

Bei der Recherche bin ich auch auf den Schützenpanzer Leopard 2 gestoßen. Griechenland hat seit 2005 von der deutschen Firma Krauss-Maffei 170 Leopard-Panzer geliefert bekommen, Preis: 1,7 Milliarden Euro. Ich glaube nicht, dass Hitler den Griechen massenhaft Panzer geliefert hätte, das war nicht sein Stil. Kritiker sagen, es war unmoralisch, den Griechen die Panzer zu verkaufen, weil eh klar war, dass die Griechen solch eine riesige Panzerstreitmacht nur wieder mit neuen Krediten finanzieren können.

Ich finde ja, Leute oder Länder müssen selber wissen, ob sie sich einen Panzer, eine Rolex oder eine Ostimmobilie leisten können oder nicht. Jede andere Position wäre doch paternalistisch, chauvinistisch und arrogant.

Wenn die Deutschen gesagt hätten, nein, liebe Griechen, ihr kriegt unsere Panzer nicht, ihr könnt sie euch nämlich gar nicht leisten, gebt euer Geld lieber für was Vernünftiges aus, oder wie wäre es denn zur Abwechslung mal mit Sparsamkeit, dann hätte es auch wieder ein Riesenbohei gegeben, wegen Einmischung in die griechische Politik, dann wären in Athen auch wieder Hakenkreuzfahnen gehisst worden.

Sie haben sogar acht Brückenlegepanzer gekauft, Typ »Leguan«. Mit dem »Leguan« legt man, wie der Name schon sagt, Brücken. Jeder, der mal in Griechenland war, weiß, dass dort die Flüsse im Sommer ausgetrocknet sind. Wozu braucht Griechenland eine Schwadron Brückenlegepanzer? Wollen die Griechen Norwegen besetzen, das Land der Fjorde? Na gut, der Kunde ist König.

Ich habe dann aber festgestellt, dass fast alle Länder der Erde Leopard-Panzer besitzen. Der Leopard ist ein deutscher Export-Hit wie der Mercedes oder die Band Kraftwerk. Er ist der einzige Panzer, der vier Meter tief unter Wasser fahren kann. Indonesien hat 100 Stück gekauft, Chile 172, Finnland 124, Katar 200, die Türkei sogar 300. Die Schweiz besitzt 380 Leopard-Panzer, nun, die Schweiz kann sich das finanziell zweifellos erlauben. Aber wo auf den engen Schweizer Bergstraßen 380 deutsche Panzer Platz finden sollen, ist mir ein Rätsel. Vielleicht fahren sie auf dem Grunde des Bodensees herum.

Noch irrationaler kommt mir das Verhalten Singapurs vor. Ich war in Singapur, das ist ein winziger Stadtstaat. Sie haben 102 Leopard-Panzer gekauft. Wenn man all diese Panzer nebeneinander aufstellt, bedecken sie vermutlich ein Drittel des Staatsgebietes. Wenn die Singapurer wirklich mal eine richtige Panzerschlacht veranstalten wollen, müssen sie vorher die halbe Stadt abreißen. Asien ist und bleibt ein Rätsel.

Jedenfalls sind Leopard-Panzer weltweit für Staaten aller Art ein Statussymbol. Erst ein Land, das sich keine deutschen Panzer mehr kaufen kann, ist wirklich am Ende. Das zerstrittene Belgien, das finanziell nicht auf Rosen gebettete Ecuador, das friedliche Dänemark, alle haben welche. Deswegen wäre es eine solche Kränkung des griechischen Nationalstolzes gewesen, ihnen die Panzer zu verweigern, dass ich die Kritik der Kritiker zurückzuweisen geneigt bin. Allerdings erlaube ich mir, an die Adresse Griechenlands, den Hinweis, dass Kanada, ein relativ wohlhabender Staat, seine Leopard-Panzer gebraucht gekauft hat, von den Holländern.

Pleiten

Neben der europäischen Finanzkrise hat sich, in ähnlichem Tempo, aber vergleichsweise unbemerkt, eine zweite Finanzkrise ausgebreitet, nämlich die Finanzkrise der internationalen Prominenz. In den vergangenen Monaten standen, unter anderem, über den Schauspieler Horst Janson, den Sänger Tony Marshall, den Sänger Gottlieb Wendehals, den Schauspieler Martin Semmelrogge, den Schauspieler Nicolas Cage, den Schauspieler Burt Reynolds, die Autorin Hera Lind, den Sänger Roberto Blanco und über Pamela Anderson Dinge in den Zeitungen, die stark an die portugiesischen Staatsfinanzen erinnert haben.

Sie sollen alle, mehr oder weniger, pleite sein. Jeder Fall liegt anders, aber im Großen und Ganzen war es wohl so: Sie haben sich Dinge geleistet, die sich im Nachhinein als zu teuer herausgestellt haben. Bei Hera Lind, die sich finanziell zum Glück wieder ein wenig erholt hat, waren es Ostimmobilien. Der Name des Notars wäre interessant, ist aber bisher unbekannt. Auch Nicolas Cage sind Immobilien zum Verhängnis geworden, obwohl das ja im Wirtschaftsteil meistens als sichere Anlage angepriesen wird. Gottlieb Wendehals hat offenbar jahrelang auf das Steuerzahlen weitgehend verzichtet. Martin Semmelrogge wird auch »der deutsche Charlie Sheen« genannt, das soll als Begründung genügen. Pamela Anderson lebt jetzt im Trailerpark. Angeblich hat sie viel Geld verloren, aber nicht ihren Optimismus. Der alte Burt Reynolds dagegen (*Ein Supertyp haut auf die Pauke*, 1975) soll unter dem Verlust seiner Villa leiden wie ein Tier. Ähnlich wie Griechenland ist Burt Reynolds sogar schon mehrmals pleite gewesen.

Auch Tony Marshall, 73, hat den Titel eines Superhits, *Heute haun wir auf die Pauke*, 1982, zur Lebensdevise gemacht. Er besaß 37 Autos, was wohl kein Problem gewesen wäre, wenn er nicht gleichzeitig auch diesen verdammten Hang zu Immobilienkäufen besessen hätte. Die einzige wirklich originelle Pleite, keine Häuser, keine Autos, keine Steuerschulden, hat die Schauspielerin Ingrid Steeger inszeniert, bei ihr ist »das meiste Geld für Männer draufgegangen«.

Auch wer hohe Einnahmen hat, kann pleitegehen, wenn er sich überschätzt – das ist wohl die Lehre aus all diesen Geschichten. Auf die Europakrise übersetzt, bedeutet dies, dass Steuererhöhungen und weitere Schulden mithilfe von Euro-Bonds vermutlich keinen Ausweg darstellen. Um ein gewisses Maß an solidem Wirtschaften kommt wahrscheinlich niemand herum. Gottlieb Wendehals und Tony Marshall aber hätten, wenn Angela Merkel ihnen vor ein paar Jahren zum Sparen geraten und von weiterer Verschuldung abgeraten hätte, sie vermutlich ausgelacht, oder sie hätten auf Angela Merkel geschimpft, so, wie es Silvio Berlusconi tut.

Intimbehaarung

Du hast einen Spleen, mein Menschenbruder? Ich verstehe dich, lass dich umarmen. Wer selber kein Rad ab hat, der werfe den ersten Stein. Aber auch ich stoße mit meinem Verständnis für sonderbare Fixierungen manchmal an Grenzen. Christine Kaufmann, eine recht bekannte Schauspielerin von fast siebzig Jahren, hat sich in der *Bild* für mehr Schamhaar in Deutschland ausgesprochen. Originaltext: »Die Schambehaarung sollte wie ein kleiner Garten gepflegt werden. Ich breche eine Lanze für mehr Schamhaar.«

Meine erste Reaktion war, dass ich das mit der Lanze, die sie in ihrem intimen Garten bricht, für ein sprachlich gewagtes, mich als Mann sogar ängstigendes Bild gehalten habe. »Ich, Christine Kaufmann, fordere grünes Licht für mehr Schamhaar« wäre die sprachlich überzeugendere, auch weniger männerfeindliche Lösung gewesen. Wenn sie nicht gleich den Freiheitsdichter Theodor Körner zitiert: Dem Schamhaar eine Gasse!

Mein zweiter Gedanke war selbstverständlich das, was jedem als Erstes zu derartigen Enthüllungen einfällt: Ich will das nicht wissen. Ich weigere mich, den Gedanken an Christine Kaufmanns gartenähnliche, im Frühling vermutlich in Blüte befindliche Intimbehaarung in meinem Leben Raum zu geben. Sie trägt dort ein, wie sie berichtet, von ihrem Figaro hingezaubertes »hübsches Herzchen«. Es ist also ein englischer Garten, kein Biogarten, oder? Ich will das nicht wissen, jetzt weiß ich es halt trotzdem.

In den folgenden Tagen fuhr ich mehrfach mit dem ICE.

Im ICE gibt es Zeitungsständer, in denen auch die erwähnte Zeitung vorhanden ist. Ich habe mich gehasst dafür, aber ich habe tatsächlich die Zeitung genommen und aufgeschlagen. So erfuhr ich von der »großen Schamhaar-Debatte in *Bild*«. Alle möglichen Menschen, Frauen und Männer, einige davon Kulturschaffende, äußerten sich über ihr Schamhaar und debattierten. Antje Nikola Mönning, die angeblich in der Serie *Um Himmels Willen* eine Nonne gespielt hat, widerspricht ihrer Kollegin Christine Kaufmann und plädiert für Glattrasur. Nicht mal ein christliches Kreuz statt eines Herzchens findet ihre Gnade. Cameron Diaz dagegen steht eher auf der Seite von Kaufmann.

Ich dachte, ein Gutes hat die Sache, es ist wenigstens mal keine Debatte über den Nationalsozialismus. Obwohl – dort, wo ein Herzchen Platz hat, da passen natürlich auch politische Symbole hin, darunter solche, die wir in Deutschland nie wieder sehen möchten. Muss man eine solche Partnerin beim Verfassungsschutz anzeigen? Was sagen die auch erotisch versierten NS-Debatten-Profis Martin Walser und Günter Grass in dieser Causa?

Ich habe mir auf *ZEIT Online* die Debattenhöhepunkte des Jahres 2013 angeschaut. Dies also waren, an Klicks gemessen, die Debatten, die wir Deutschen im jeweiligen Monat für die wichtigsten hielten. Januar: Ist Brüderle ein Sexist? Februar: Annette Schavan, darf sie Doktorin bleiben? März: Der neue Papst, Fluch oder Segen? April: Nicht genug Presseplätze im NSU-Prozess, wieso? Mai: Pädophilie. Juni: Edward Snowden. Juli: Das Baby der Royals in England. August: Veggie-Day. September: Steinbrück – darf Stinkefinger Kanzler werden? Oktober: Die Badewanne des Limburger Bischofs. November: Prostitutionsverbot. Dezember: Alice Schwarzer und Weihnachten.

Im Vergleich zu einigen dieser Topthemen, finde ich, ist die Intimbehaarung von Christine Kaufmann eigentlich gar kein so irrelevantes Thema. Ich habe aber auch begriffen, wieso Angela Merkel grundsätzlich keine Debatten anzettelt und sich zu Debatten nur im Notfall äußert, dann aber stets ausweichend. Als Kolumnist habe ich diese Option nicht.

Veggie-Day

Ich lebe sowieso an zwei Tagen der Woche vegetarisch. Ich fand die Aufregung um den Veggie-Day übertrieben. Der Veggie-Day war ja eines der zentralen Wahlkampfthemen. Die Grünen fordern, dass es an Donnerstagen in den deutschen Kantinen immer nur vegetarisches Essen gibt. Es soll kein Zwang sein, der Verzehr von Fleisch wird nicht grundsätzlich verboten. Deshalb kann man auch nicht von einer »Öko-Diktatur« sprechen. Wer am Donnerstag Schnitzel essen will, kann jederzeit woandershin gehen. Der Kantinenwirt sagt dann ganz einfach: »Wenn Ihnen unser System hier nicht passt, dann gehen Sie woandershin.«

Von einer Diktatur könnte man höchstens reden, wenn rund um die Kantine herum eine Mauer stünde, mit Stacheldraht. Niemand hat die Absicht, eine Mauer zu errichten.

Als ich klein war, ist es in vielen Familien üblich gewesen, dass Kinder ihren Teller leer essen mussten. Das Kind durfte erst aufstehen, wenn der Teller leer war, im Grunde ist das ebenfalls vernünftig. Und? Hat uns das etwa geschadet? Es ist eine Schande, dass so viel Essen weggeworfen wird. Anderswo hungern die Menschen.

Ich finde, Mittwoch könnte der Tag sein, an dem überall in den deutschen Kantinen, in den Restaurants und in den Familien alle Menschen mittags erst dann aufstehen dürfen, wenn sie ihren Teller leer gegessen haben. Natürlich auf freiwilliger Basis. Man muss auch aufpassen, dass kein Missbrauch getrieben wird. Menschen, die keine Lust haben, zu arbeiten, tun vielleicht so, als ob ihnen das Essen nicht schmeckt, bleiben vor dem längst erkalteten Teller bis zum Abend in der Kantine sitzen, trinken Spezi und spielen Karten. Das wäre Missbrauch.

Früher war es auch in allen Lokalen mit Garten oder Terrasse üblich, dass es draußen den Kaffee nur in Kännchen gab. Draußen nur Kännchen. Das halte ich für volkswirtschaftlich sinnvoll, für nachhaltig und sozial. Der Aufwand, eine einzelne Tasse nach draußen zu tragen, ist für die Kellnerperson zu groß. Auch Kellner haben das Recht auf Teilhabe an einer angemessenen Bezahlung. Der Energieverbrauch ist beim Kännchenausschank außerdem niedriger, weil die Kaffeemaschine seltener benutzt werden muss.

Inzwischen, so habe ich beobachtet, wird der Kaffee in zahlreichen Gartenlokalen auch tassenförmig gereicht, die deutschen Traditionen sind dem modischen Laissez-faire zum Opfer gefallen. Ich hätte nichts dagegen, wenn es wenigstens dienstags draußen wieder nur Kännchen gäbe. Der Kännchen-Day wäre, neben seiner sozialen und erzieherischen Wirkung, auch ein Konjunkturprogramm für das deutsche Gastgewerbe.

In der Debatte über den Veggie-Day hat es auch unfaire Argumente gegeben. Eine Studentengruppe hat Plakate geklebt, auf denen Jesus, Willy Brandt, Nelson Mandela und Adolf Hitler zu sehen sind, der Text dazu lautet: »Finde den Vegetarier!« Tatsache ist, dass Adolf Hitler hauptsächlich wegen seiner Blähungen weitgehend auf Fleisch verzichtet hat. Er war kein echter, überzeugter Vegetarier wie die Grünen, sondern lediglich ein Vegetarier aus politischen Karrieregründen. Fleisch verursachte bei ihm solche Blähungen, dass, wegen der extremen Geruchsbelästigung in seiner Umgebung, an eine politische Karriere dieses Mannes nicht zu denken gewesen wäre. Man könnte also sagen, dass in diesem speziellen Fall das Vegetariertum tatsächlich einen sehr großen politischen Schaden angerichtet hat. Wenn Hitler regelmäßig Schnitzel gegessen und bei jeder Rede gestunken hätte wie ein alter Ziegenbock, dann wäre uns der Zweite Weltkrieg vermutlich erspart geblieben. Dies zum Beispiel war jetzt ein unfaires Argument gegen den Veggie-Day.

Prostitution

Ich möchte beschreiben, wie ich mir zu einer umstrittenen politischen Frage, in der ich anfangs unsicher war, eine Meinung gebildet habe. Es handelt sich um das Verbot der Prostitution. Alice Schwarzer und andere fordern, dass es verboten werden soll, dass Menschen für Sex Geld bezahlen.

Da habe ich mir überlegt, aus welchen Gründen Menschen überhaupt miteinander Sex haben oder miteinander schlafen oder wie immer man es nennen will. Warum tun Menschen das? Sind es, von der Prostitution abgesehen, immer über jeden moralischen Zweifel erhabene Gründe? Und falls nicht: Was davon soll erlaubt bleiben, was soll verboten werden?

Menschen haben Sex, weil sie eine Beziehung oder eine Ehe führen und sich sowohl körperlich als auch charakterlich anziehend finden. Menschen haben Sex, weil sie seit Jahren daran gewöhnt sind, obwohl die Anziehung zwischen ihnen stark nachgelassen hat. Menschen haben Sex, weil sie die andere Person körperlich anziehend finden, an eine weitergehende Beziehung denken sie dabei nicht. Menschen haben Sex, weil sie unter Alkohol oder Drogen stehen und ihr Urteilsvermögen reduziert ist. Menschen haben Sex, weil sie sich davon berufliche Vorteile versprechen, etwa mit Vorgesetzten. Menschen haben Sex, weil die andere Person reich ist und ihnen ein luxuriöses Leben verspricht. Menschen haben Sex, weil die andere Person berühmt oder mächtig ist. Menschen haben Sex, weil sie in diesem Moment gerade Lust darauf haben. Menschen haben Sex aus Angst, alleine zu sein, um sich an ihrem Partner für dessen Seitensprung zu rächen, um etwas für ihr Image zu tun, aus Mitleid, aus Dankbarkeit, aus einer Laune heraus, die ihnen am nächsten Tag rätselhaft vorkommt, weil sie nach Abwechslung suchen, aus Neugier, aus Langeweile, weil ihnen jemand Geld dafür gibt, weil sie Geld dafür bezahlen, weil sie verliebt sind oder weil sie sich durch Schmeicheleien haben überreden lassen.

Das alles gibt es zweifellos, und noch etwa tausend andere Gründe, sowohl bei Männern als auch bei Frauen. Manche Gründe finde ich gut, andere nicht. Aber bei dem Gedanken, dass der Staat darüber entscheiden soll, aus welchen Motiven heraus Sex, und zwar freiwilliger zwischen Erwachsenen, erlaubt sein soll und aus welchen nicht, wird mir schwindelig.

Dann habe ich über Berufe nachgedacht. Alice Schwarzer sagt, Sex sei ein demütigender Beruf. Es gibt Leute, die bei alten Menschen Windeln wechseln und deren Genitalien waschen, andere sind Proktologen und stochern im Anus herum, wieder andere kümmern sich um Leichen oder massieren Fremden die Füße. Das ist alles notwendig, aber sehr intim, nicht jeder will das machen. Die Entscheidung, ob man eine Tätigkeit demütigend oder zu eklig findet, muss man den Leuten wohl selbst überlassen. Zwangsprostitution ist natürlich ein völlig anderes Thema.

Sex, ganz allgemein, finde ich sowieso nicht schmutzig oder eklig. Ohne Sex würde es mich doch überhaupt nicht geben, von Alice Schwarzer ganz zu schweigen. Ich glaube übrigens, ich wäre, wenn ich mich entscheiden müsste, viel lieber Prostituierter als Leichenwäscher.

Wenn ich aber allein wäre und niemanden finden würde, der es mit mir tun möchte, vielleicht weil ich zu hässlich bin oder eine Krankheit habe, dann würde ich vermutlich auch Geld dafür bezahlen. Ich glaube, die Sehnsucht nach Sexualität ist kein krimineller Wunsch, sowohl bei Männern als auch bei Frauen. Jetzt, Frau Schwarzer, dürfen Sie mich verhaften.

Religion

Ich bin unsensibel, aber ich weiß es wenigstens und denke darüber nach. Ich glaube, ich bin bald der letzte Deutsche ohne Buddha. Schon wieder habe ich bei Freunden in der Wohnung eine Buddhafigur gesehen. Das sind ganz gewöhnliche Bundesbürger mit christlichem Religionshintergrund. Vollzeitbuddhisten sind es nicht. Da müsste man an Wiedergeburt glauben, wer will das schon.

Im Außenbereich muss der Buddha in Deutschland als Nachfolger des Gartenzwerges angesehen werden. Damit hat Buddha sicher nicht gerechnet, dass er mal in Essen und Regensburg diese Art von Karriere macht.

Ein Gartenzwerg soll, glaube ich, ausdrücken: Hoppla, hier wohnt ein Spaßvogel. Aus meiner Kindheit meine ich mich allerdings zu erinnern, dass Menschen mit Zwergen im Garten in der Regel eher verbiestert oder charakterlich schwierige Zierrasenfetischisten gewesen sind. De facto zeigt der Gartenzwerg an, dass sein Besitzer gerne ein lustiger Lebenskünstler geworden wäre, doch leider hatten das Schicksal und seine Gene mit ihm andere Pläne. Der Gartenzwerg ist dann ja auch zum offiziellen Symbol des

Spießertums geworden, die Spaßgesellschaft hat keine Verwendung für ihn.

Ein Buddha dagegen signalisiert spirituelle Denkungsart. Buddhismus heißt: durch Askese zum Nirwana. Die wichtigsten buddhistischen Werte sind Bescheidenheit, Güte und Einsicht, also das Gegenteil von dem, was man häufig auf Twitter und Facebook findet. Offenbar sucht der Mensch in der Religion immer das, was er im Alltag nirgendwo entdecken kann. Ich habe auch den Verdacht, dass es sich mit dem Spiritismus der Buddhabesitzer ähnlich verhält wie mit dem Humor der Gartenzwergbesitzer. Vermutlich neigen vor allem Menschen mit geringer Neigung zum Spirituellen und ausgewiesene Feinde der Askese zum Kauf eines Buddhas. Man spürt dieses innere Defizit und denkt, au weia, ich bin leider total auf Äußerlichkeiten fixiert. Wenn ich in mich hineinhorche, höre ich immer nur Kaufhausmusik. Vielleicht hilft es, wenn ich mir einen Gartenbuddha kaufe.

Im Esoterikversand kostet der 36 Zentimeter hohe Buddha klein goldfarben 252,95 Euro, bei Art of Asia verlangen sie für den Buddha einfach sitzend 570 Euro, sitzend mit Schlange kostet er schon 1690 Euro. Bei Asienlifestyle fangen die Buddhas überhaupt erst bei 800 Euro an. Dafür haben sie aber auch viel Auswahl, zum Beispiel zwischen Amitabha, Hotei und Amoghasiddhi, was alles Buddhasorten sind. Das ist fast so differenziert wie mit den Rosensorten.

Billiger kommt es bei eBay. Am Tage des Verfassens dieses Textes wurden auf eBay 3887 Gartenzwerge angeboten, 13 571 Spardosen und 37 892 Buddhas. Am Verhältnis zwischen Spardosen und Buddhas lässt sich erkennen, dass uns spirituelle Werte längst wichtiger sind als das Geld, zumindest als Zimmerschmuck. Der Buddhismus überholt auch gerade, was die Zahl seiner Anhänger betrifft, das Judentum. Laut Wikipedia leben etwa 250 000 Juden und 250 000 Buddhisten in Deutschland, aber der Buddhismus wächst schneller.

Dem Bundespräsidenten rate ich, sich neben den »christlich-jüdischen Wurzeln unserer Kultur« und dem Islam, der zu Deutschland gehört, alsbald eine Formel einfallen zu lassen, die unsere buddhistischen Mitbürger ins Boot holt sowie das unübersehbare Heer der Teilzeit- oder Leichtbuddhisten. Unsere Wurzeln sind christlich-jüdisch, was dazugehört, ist der Islam. Aber das, was im Garten steht, heißt Buddha.

Werbung

Mir ist klar, dass ich mich durch Werbung manipulieren lasse. Ein bisschen. Aber nicht grenzenlos. Wenn sie morgen bei uns in der Straße Plakate mit der Parole »Klau mal wieder« oder »Umweltverschmutzung ist geil« aufhängen, wird dies, hoffe ich, mein Verhalten nicht sonderlich beeinflussen. Andererseits, wenn sie morgen die Weinwerbung verbieten, werde ich, aus Trotz, eher mehr trinken.

Es gibt Bereiche, in denen Werbung überflüssig oder sinnlos ist, zum Beispiel Werbung für oder gegen Sexualität. Sexualität hat sich, ohne eine einzige Kampagne, zu einem echten Longseller entwickelt. Seit man überall auf Bilder sexuellen Inhalts stößt, haben die Leute angeblich, aus Überdruss, eher weniger Sex. Einer Kampagne für Keuschheit räume ich gleichwohl keinerlei Chancen ein, selbst wenn Scholz & Friends den Etat bekommen.

Das mit der Werbung ist offenbar ziemlich komplex.

Die Partei, die am meisten an Werbung glaubt, sind die Grünen. Aus den Reihen der Partei sind in letzter Zeit fast unablässig Werbeverbote gefordert worden, unter anderem ein Werbeverbot für Alkohol, für Zigaretten, für Süßigkeiten, für Autos mit hohem Benzinverbrauch und für sexistische Werbung ganz allgemein. Für alles, was nicht gut ist, darf, zum Schutze des Menschen vor seiner Verführbarkeit, nicht geworben werden – ich glaube, damit gebe ich die Programmatik relativ fair wieder. Sachen, die nicht nur nicht gut sind, sondern richtig schlimm, sollen dagegen ganz verboten werden, unter anderem werden aus der Partei Verbote von Heizpilzen, von Motorrollern, von Weichmachern im Sexspielzeug und des Angelns bei Nacht gefordert. Nächtliches Angeln stört die Fische beim Schlafen.

Ich war ziemlich überrascht, als ich las, dass ausgerechnet Wladimir Putin eine gesellschaftspolitische Idee der deutschen Grünen aufgegriffen hat, das Werbeverbot. Putin hat in Russland die Werbung für Homosexualität verbieten lassen, wobei unter »Werbung« in Russland jegliche Erwähnung dieses Themas in Gegenwart von Jugendlichen zu verstehen ist. Irgendwo sind ja fast immer Jugendliche. Der Gedanke, dass man jemanden durch einen fetzigen Radiospot oder eine Tiefpreisaktion von der Hetero- zur Homosexualität abwerben könnte, ist so wahnsinnig, dass Putin ganz sicher selbst nicht daran glaubt, Anzeichen von Wahnsinn sind bei ihm bisher jedenfalls von niemandem beobachtet worden.

Eher wäre das Gegenteil denkbar. Wenn in jeder Moskauer U-Bahn mit einem Bild des Diktators Putin für das Schwulsein geworben wird, dürfte dies viele russische Homosexuelle dazu bringen, sich für eine zölibatäre Lebensweise zu entscheiden. In Wahrheit geht es natürlich, wie häufig bei Werbeverboten, um Unterdrückung. Wenn man sich nicht traut, etwas unverblümt zu verbieten, dann verhängt man erst mal ein Werbeverbot. Andererseits muss man Putin zugutehalten, dass er zur Homosexualität immerhin noch ein positiveres Verhältnis zu haben scheint als die Grünen zum Angeln bei Nacht.

Vor einiger Zeit haben in Russland Olympische Winterspiele stattgefunden. Mancherorts wurde ein Boykott gefordert. Ich war gegen einen Boykott. Stattdessen hätten alle deutschen Sportler und alle Sportjournalisten auf ihren Anzügen und Trikots Werbeslogans für Homosexualität tragen müssen. Der in Baden-Württemberg erfundene Satz »Wir können alles außer hetero« bietet sich für so etwas an, bei Skirennläuferinnen plädiere ich für die Duplo-Parole »Wahrscheinlich die schnellste Lesbe der Welt«. Das bei Bommerlunder entlehnte »Der große Schwule aus dem Norden« würde sich auf dem Trikot eines hochgewachsenen Eishockeyspielers gut machen. Dann hätte Putin mal versuchen sollen, die alle verhaften zu lassen.

Frei.Wild

Ich bin ein alter Rock 'n' Roller. Deshalb habe ich mitgekriegt, dass sie eine rechtsradikale Band, die für den Musikpreis Echo nominiert war, wegen Rechtsradikalismus wieder ausgeladen haben. Die Band heißt »Frei.Wild« und kommt aus Südtirol. Daraufhin habe ich mir auf den wichtigsten Internetseiten mal die wichtigsten Textbelege für den Rechtsradikalismus dieser Band angeschaut.

Auf *ZEIT Online* hieß es als Beleg für den Vorwurf, die Band singe den Satz »Südtirol, wir tragen deine Fahne« und sie verwende Wörter wie »Helden« und »Volk«. Da war ich perplex, weil einst schon David Bowie *Heroes* gesungen hat und John Lennon *Power to the People*. Meiner Ansicht nach ist Lennon nie ein Nazi gewesen. Bowie, gut, der hat in Deutschland gelebt, aber doch nicht aus Liebe zu Adolf Hitler.

Auf *stern.de* stand das Frei.Wild-Zitat: »Sprache, Brauchtum und Glaube sind Werte der Heimat. Ohne sie gehen wir unter.« Das könnte doch auch irgend so ein bedrohter Indianerstamm im Amazonasgebiet singen. Die Südtiroler sind ebenfalls eine Minderheit, die es nicht immer leicht gehabt hat. Zweiter Beweis für das Nazitum war der Satz:

»Ich scheiße auf Gutmenschen und Moralapostel.« Sorry, für mich klingt das eher nach Heiner Lauterbach als nach Nazis. Nach Ansicht eines Extremismusexperten bedeuten diese Sätze aber eine »harte Absage an eine moderne Gesellschaft«.

Das kapiere ich auch nicht. Wieso muss denn jeder für die moderne Gesellschaft sein? Ich schwöre bei der Fahne Südtirols, dass ich mich niemals piercen lasse, und ich trinke auch keinen Bubble-Tea, egal, wie modern es in dieser unserer Gesellschaft ist. Ein anderer Experte sagte auf *ZEIT Online*, zu den Vorbildern der Naziband gehöre der Politiker Heinz Buschkowsky – der ist in der SPD! Wenn sogar die SPD faschistisch unterwandert ist, Himmel, was bleibt dann noch übrig?

Offenbar soll man in der modernen Jugendmusik immer nur, Song für Song, das grüne Parteiprogramm vertonen. Ich habe mir natürlich nicht sämtliche Texte von Frei.Wild angeschaut, aber hey, die Ankläger werden doch hoffentlich in ihrer Anklage die härtesten Stellen bringen, oder? Was ich aber gemacht habe: Ich habe die Texte von früheren Echo-Gewinnern gelesen. Der Rapper Sido: »Ich hab keinen Bock auf Spasten.« Oder: »Michel Friedman – scheiße! Ich kann euch nicht leiden, nicht riechen. Ihr wart als Kinder schon scheiße.« Tut mir leid, da höre ich ein gewisses Ressentiment gegen Behinderte und Juden heraus. Aber der kriegt einen Kulturpreis.

Wobei man der Gerechtigkeit halber sagen muss, dass Bushido, Träger mehrerer Echos und eines Ehren-Bambis für Verdienste um die Integration, die härteren Texte hat als Sido. In der ersten Fassung dieser Kolumne hatte ich zwei Bushido-Zitate untergebracht. Nennt mich meinetwegen einen Nazi, aber im Vergleich zu dessen Texten finde ich die Zeile »Südtirol, wir tragen deine Fahne« eigentlich poetisch und auf angenehme Weise *old school*. Daraufhin meldete sich die Redaktion. Die Bushido-Zitate stünden auf dem Index. Wenn ich das bringe, muss die *ZEIT* unterm Ladentisch verkauft werden.

Bushido sitzt in Talkshows, tritt mit Horst Seehofer auf, sein Leben wurde verfilmt. Kann das denn wirklich nur damit zusammenhängen, dass Bushido kein Südtiroler ist? Ich werde niemals kapieren, wieso Rainer Brüderle für den Satz »Sie können ein Dirndl ausfüllen« einen Shitstorm erntet, während Bushido mit tausendmal sexischeren Sätzen den Ehren-Bambi für Verdienste um die Integration bekommt. Da müsste sich Brüderle, bei gleichen Kriterien, mit seinem Dirndl-Satz für den Friedenspreis des Deutschen Buchhandels qualifiziert haben.

Die moderne Gesellschaft ist, bei aller Modernität, oft ein bisschen ungerecht. Darf man das so formulieren?

Berlin

Ich werde, wenn ich unterwegs bin, oft auf Berlin angesprochen. Berlin – die Stadt, in der sie nichts auf die Reihe kriegen. Sie schaffen es einfach nicht. Sie bekommen den Flughafen nicht hin. Sie bekommen die S-Bahn nicht hin. Sie bekommen die Wirtschaft nicht hin. Schulen? Sie bekommen das nicht hin. Alle in Berlin, die es mit ihrem Gewissen und ihren Finanzen vereinbaren können, schicken ihre Kinder auf Privatschulen. Nicht aus übertriebenem Elternehrgeiz, nein, nur damit die Kinder Lesen und Schreiben lernen.

In meiner Gegend brannte vor Jahren ein Restaurantschiff ab, das Wrack trieb jahrelang im Wasser, es sah aus wie ein Mahnmal für den Bürgerkrieg auf dem Balkan. Das Wrack zu beseitigen war ihnen zu schwierig. Das konnten sie nicht hinkriegen.

Sie wollen eine neue Autobahn bauen in Berlin. Es gibt Argumente für und Argumente gegen die neue Autobahn. Ich habe keine Meinung dazu. Wozu soll ich mir Gedanken machen? Sie werden den Autobahnbau nicht hinkriegen. Ein Sprecher der Piratenpartei hat gefordert, dass der Bürgermeister Wowereit die Autobahn zur

Chefsache erklärt. Die Piratenpartei ist nämlich gegen die Autobahn.

Als sie den neuen Bahnhof gebaut haben, wurde ein Teil des Bahnhofsdaches weggelassen, irgendwie fehlte das Geld dafür. Den U-Bahn-Anschluss haben sie vergessen. Einfach vergessen. Im Haus, wo ich früher gewohnt habe, wurde das Dachgeschoss ausgebaut. Die neue Dachwohnung war zu schwer, sie ist durch die Decke gebrochen und liegt jetzt in Form von Trümmern in der Wohnung darunter. Der Letzte, der in Berlin korrekt ein Bauwerk errichten konnte, mit fließend Wasser und allem, war Kaiser Wilhelm. Kein Wort, in meiner Gegenwart, gegen Kaiser Wilhelm.

In der neuen Akademie der Künste neben dem Brandenburger Tor ist das Dach undicht. Es regnet durch. In einem neuen Haus! Die Klimaanlage ist auch kaputt, darum können sie ihr Archiv nicht benutzen. Es wurde ausgelagert, in eine Fabrikhalle aus der Zeit von Kaiser Wilhelm.

Ich gehe nicht mehr zur Wahl. Mir ist egal, welche politische Richtung in Berlin regiert, Hauptsache, es gibt fließend Wasser und Strom. Ich habe vor Jahren mal angeregt, dass man Berlin an die einstigen Besatzungsmächte zurückgibt und wieder zur Viersektorenstadt macht oder, ähnlich wie Washington, D.C., dem Bund unterstellt. Das wäre die einzige Lösung. Kaiser Wilhelm ist leider tot.

Am neuen Flughafen wollten sie eine Katastrophenübung abhalten. Aber die Berliner Feuerwehr hat den Berliner Flughafen nicht gefunden. Sie haben zwei Stunden gesucht, angeblich hat ihnen ein kanadischer Tourist den Weg gezeigt. Der Berliner Zoodirektor wollte einen seiner Affen streicheln. Der Affe hat ihm den Finger abgebissen.

Ich liebe Berlin. Ich will nirgendwo sonst leben. Aber sie bekommen nichts auf die Reihe.

Machos

Es gibt diese neue Männerdebatte. Der Mann von heute sei sehr oft ein Jammerlappen, unsicher, melancholisch, er verheddere sich in Selbstreflexionen. Derartiges Verhalten sei unsexy. Die modernen Frauen wollen Typen, die hin und wieder, und zwar genau dann, wenn die modernen Frauen es wollen, auch mal ein bisschen macho sind.

Ich finde das unlogisch. Ein Typ, der auf Wunsch einer Frau den Macho gibt, verhält sich, weil er dem Befehl der Frau folgt, doch völlig antimacho und softie. Ein echter Macho zieht sein Ding durch und lässt sich nicht reinreden. Wenn ein echter Macho Lust dazu hat, mal selbstreflexiv zu sein, dann tut er das auch. Wenn es sein muss, dann reflektiert er die ganze Nacht. Wir lassen uns das Jammern nicht verbieten. Du willst Typen ohne Selbstreflexion, Baby? Du willst schweigsame, unmelancholische Kerle? Schau dich einfach mal bei den Sechzehnjährigen um. Die sind so.

Den dreißigsten Geburtstag habe ich überhaupt nicht ernst genommen. Am vierzigsten Geburtstag heißt es neuerdings: Vierzig ist das neue Dreißig. Aber das stimmt nicht. In Wahrheit ist Vierzig das, was vor Fünfzig kommt.

Mir fällt auf, dass ich lange nicht mehr über meinen Tod geschrieben habe. Bleibe weg, du großer schwarzer Vogel! Wenn ich im Aufzug fahre, schaue ich gewohnheitsmäßig auf das Baujahr des Aufzuges. Es scheint da eine Art Vorschrift zu geben, vom Gesundheitsministerium, um ältere Menschen zum Treppensteigen zu motivieren. Um Alte zu erschrecken, müssen sie ein kleines Metallschild mit dem Baujahr in den Aufzug hängen. Aufzüge sind fast immer jünger als ich. Sie sind, ab etwa 1970, verbeult, verdreckt und verrostet. Sie sehen runtergerockt und abgenudelt aus. Jünger als ich sind sie trotzdem.

Wenn ein Fußballstürmer ein paar Wochen nicht trifft, heißt es: Der hat eine Formkrise. Wenn der Fußballstürmer, der ein paar Wochen nicht trifft, aber schon etwas älter ist, dann heißt es: Der kann es nicht mehr, zu alt, vorbei. So geht es auch mir. Bei jeder Formkrise glaube ich: Das war's jetzt. Wenn ich etwas vergesse, denke ich jedes Mal, dass ich langsam dement werde. Wenn mir etwas wehtut, denke ich sofort: Krebs. Wo ist die fröhliche Unbefangenheit vergangener Tage? Wenn mir alles überall wehtat, dachte ich früher: Gestern war mal wieder ein toller Abend.

Neulich aß ich mit einer Kollegin. Sie fragte: »Wo möchten Sie beruflich in zehn Jahren eigentlich stehen?« Eine typische Psychofrage aus Bewerbungsgesprächen. Was soll das? Ich bin froh, wenn ich in zehn Jahren überhaupt noch stehen kann, egal wo. Mein nächstes Bewerbungsgespräch werde ich voraussichtlich mit einer Heimleiterin führen. Mein Karriereziel heißt: Überleben. Die Position, die ich privat anstrebe: Kein Gebissträger und eine intakte Prostata.

Gute Nachrichten liefert eigentlich nur mein Vater. Er hat sich, mit fast neunzig, einen neuen BMW mit schätzungsweise 200 PS gekauft. Wenn man ihn nach Beschwerden fragt, sagt er, dass ihm nach der Gartenarbeit manchmal schwindlig sei. Deshalb lehne ich die linke Theorie ab, nach der fast alles gesellschaftlich bedingt ist. Ich hoffe sehr, dass der Zustand meines Vaters nichts mit der Gesellschaft zu tun hat, sondern mit Vererbung und Genen zusammenhängt.

Und das ist erst der Anfang, der lange Ritt in den Sonnenuntergang hat gerade erst begonnen. Mein Gott – ich jammere ununterbrochen. Und warum? Einfach nur, weil ich gerade Lust dazu hatte, Baby.

Krankenhäuser

Zum ersten Mal, seit ich zwei Jahre alt war, bin ich Patient im Krankenhaus gewesen. Ich lag in der Chest Pain Unit.

Jeden Morgen um fünf Uhr betraten drei Frauen das Zimmer. Eine machte wortlos das Licht an. Die zweite zapfte Blut ab. Die dritte beugte sich über mich und fragte: »Hatten Sie gestern Stuhlgang?« So etwas hatte mich noch keine Frau gefragt.

Sie müssen es tun. Die Regeln schreiben es vor. Sie müssen auch täglich Fieber messen, obwohl meine Krankheit keine Fieberkrankheit ist. Ein Krankenhaus funktioniert wie eine Behörde. Andererseits ist es ein bisschen wie Dreharbeiten fürs Fernsehen. Wenn man fürs Fernsehen arbeitet, verbringt man ebenfalls den größten Teil der Zeit mit Warten.

Ich habe, was den Stuhlgang betrifft, gelogen. Ich dachte, womöglich machen sie mir sonst einen Einlauf. Ich habe mir geschworen, dass ich das Krankenhaus ohne einen einzigen Einlauf wieder verlasse. Wenn ich dafür betrügen oder stehlen muss, dann tue ich es.

Die Schwestern redeten über mich, als ob ich gar nicht

da wäre. »Wie heißt er denn?« Das kann man mich jederzeit fragen. Auch wenn sie mit mir redeten, benutzten sie die dritte Person. »Wie geht es ihm? Wieso hat er seine Unterhose noch an?«

Ärzte traten ans Bett und betrachteten meine Akte, ohne mich anzusehen. Ein Patient ist etwas Ähnliches wie ein kaputtes Auto. Ein kaputtes Auto weiß auch nicht, wie es heißt. Die Leute waren nett, sie haben den Motor wieder hingekriegt, es war ein gutes Krankenhaus. Auf gar keinen Fall soll dies so klingen, als würde ich mich beschweren.

Mindestens 60 Prozent der Patienten im Krankenhaus ging es schlechter als mir. Ich wurde verlegt und kam in ein Zweibettzimmer, in dem ein siebzigjähriger Mann lag. Ein Single. Dem ging es mies. Der Mann erzählte, dass er kürzlich mal einen Abszess hatte, nach seiner Beschreibung so groß wie eine Dreizimmerwohnung. Sie haben den Abszess entfernt. Als er dann nach Hause zurückdurfte, wollte die Kasse den Transport nicht bezahlen, weil die Entfernung eines Abszesses ja wirklich keine große Sache ist. Der Mann hatte aber zeitgleich noch fünf andere Krankheiten. Dass jemand wegen einer anderen Sache nicht laufen kann als der, die ihn ins Krankenhaus gebracht hat, sei der Kasse nicht begreiflich zu machen. Das kommt in den Regeln nicht vor.

Eine Frau erschien und erklärte ihm, dass er nicht nach Hause zurückkann, er brauche betreutes Wohnen. Dann redeten sie über seine Finanzen und über die Wohnungsauflösung, ich kriegte alles mit. Währenddessen wurde in ganz Deutschland über Datenschutz diskutiert. Mir ist schon klar, dass man im Krankenhaus nicht auch noch eine Privacy Unit einrichten kann.

Krankenhaus ist eine Grunderfahrung wie Schule, Beruf oder Kinderkriegen. Am meisten macht sicher nicht nur mir der Verlust von Intimität zu schaffen. Du bist wieder so abhängig, wie du es als Kind gewesen bist. Der Kreis schließt sich. Du brauchst wieder für alles eine Erlaubnis und pinkelst in eine Ente. Gesellschaftliche Debatten sind für dich irrelevant. Ich wähle nicht Merkel, ich wähle nicht Steinbrück, ich wähle den regelmäßigen Stuhlgang.

Am ersten Tag gab es Schweineschnitzel. Am zweiten Tag gab es Bratwurst. Am dritten Tag gab es Kassler. Vor der Entlassung erklärte mir ein Arzt, dass ich mein Leben ändern muss. Ich soll jetzt Mittelmeerküche essen.

Mein Vater

Als mein Vater ins Krankenhaus kam, versuchten die Ärzte, etwas für ihn zu tun, im engen Rahmen des Möglichen. Eine Krankenschwester sagte zu seiner Frau, sinngemäß, dass sie die hektische Aktivität nicht verstehe. Der Mann sei doch schon sehr alt. Man solle ihn gehen lassen. So etwas hört man oft.

Das Verrückte ist, dass man das Leben oft erst dann so richtig zu schätzen weiß, wenn nicht mehr viel davon übrig ist. Am Anfang hält man alles für selbstverständlich, Glück, Genüsse, Spaß, davon ist scheinbar genug da, wenn nicht heute, dann morgen. Ein großer Irrtum. Inzwischen glaube ich, dass viele von uns mit achtzig oder neunzig, sofern sie kein schweres Leiden haben, mehr am Leben hängen als mit zwanzig. Ich, auf halber Strecke, merke das auch schon. Eigentlich wird das Leben besser, so von der Einstellung her. Die meisten haben gelernt, mühsam und langwierig, mit den Unerfreulichkeiten der Existenz umzugehen und sich am Positiven zu erfreuen. Aber kaum hat man es halbwegs kapiert, dann wird die Zeit auch schon knapp. Je höher die Nachfrage nach Leben, desto geringer das Angebot.

Es müsste umgekehrt sein, man müsste mit der geistigen Verfassung eines Neunzigjährigen anfangen und sich dann im Laufe der Zeit seelisch in einen Zwanzigjährigen verwandeln. Der Abschied fiele leichter. Zwanzigjährige bringen sich relativ oft um. Neunzigjährige selten, außer sie sind schwer krank. Deswegen finde ich es richtig, um die wertvollen letzten Jahre oder Monate zu kämpfen, völlig egal, was Krankenschwestern oder Versicherungsmathematiker dazu sagen.

Als mein Vater mit seiner Frau nach Südafrika auswanderte, zum ersten Mal ein Haus mit Pool kaufte und ein neues Leben anfing, war er ein gutes Stück über siebzig, und viele erklärten ihn für verrückt. Lohnt sich das noch? Aber er wollte eben aus dem Leben so viel wie möglich herausholen, statt herumzusitzen und auf den Tod zu warten. Er feierte, aß gut, schlief wenig, trank mehr Wein, als der Doktor empfiehlt, rauchte, solange es mit dem Herzen irgendwie ging, lebte überhaupt ziemlich ungesund und schaute – da versank ich als Junge manchmal vor Scham im Boden – immer gern hübschen Frauen nach, keineswegs unauffällig. Wenn er sich besonders wohl fühlte, fing er an, halblaut zu singen, auch wenn Leute dabei waren. Wegen meines Vaters glaube ich daran, dass Lebenslust der Gesundheit ebenso zuträglich sein kann wie Askese. Viele Jahre vergingen. Er hatte seine Ausgehsachen an und wollte gerade in ein gutes Restaurant essen gehen, als er sich hinsetzte und sagte: Es geht nicht.

Aber er will nicht, dass es aufhört. Im Krankenhaus kämpft er, während ich dies schreibe, er kämpft um jede Sekunde Leben und verblüfft die Ärzte, die ihn schon zweimal aufgegeben haben. Sein Herz hat noch fünf Prozent Leistungsfähigkeit, aber sollten sie ihm ein Schollenfilet und ein Glas Rheingauer Riesling anbieten, dann würde er sicher nicht Nein sagen.

Zum ersten Mal wollte ich die Kolumne absagen. Jeder hätte das akzeptiert, nur ich nicht. Und er wahrscheinlich auch nicht. Mein Vater ist in Ostpreußen aufgewachsen. Er machte nächtelang einen drauf, er hatte Krisen, aber er ging in jedem Zustand zur Arbeit. Pflichterfüllung, sich nicht hängen lassen, sich durchkämpfen, das war seine zweite Botschaft. Leider habe ich davon viel mehr mitbekommen als von seiner Lebenslust. Aber noch habe ich die Hoffnung nicht ganz aufgegeben, ihm ähnlich zu werden, vielleicht als sehr alter Mann.

Abschiede

Wenn man irgendwo eingeladen ist, und es war schön gewesen, wie der Berliner es ausdrückt, dann will man trotzdem irgendwann gehen. Ja, ich sage es ganz offen: Kein Gastgeber der Welt kann so reizend sein, dass man nicht trotzdem irgendwann nach Hause möchte. Man muss zu Hause die Blumen gießen. Man ist, verdammt noch mal, müde. Der Gastgeber will es doch auch. Himmel, Hölle, Halleluja, einmal muss Schluss sein.

Selbst wenn man auf der Party endlos bliebe, aus Höflichkeit, aus Trägheit, dann wäre auch dies keine Lösung, denn die wunderhübsche Gastgeberin würde, gemeinsam mit ihren Gästen, dahinwelken, wir würden alle ein bisschen in die Breite gehen und ein bisschen in die Tiefe, die Gastgeberin stürbe oder ein Gast nähme ihr charmanterweise diese Mühe ab, vermutlich ich. Ich bin ja neuerdings immer der Älteste überall. Was ist aus all den alten, langhaarigen, langweiligen Zotteltypen geworden, die früher auf den Partys herumstanden? Ach so. Ich bin das jetzt selber. Der Bestattungsunternehmer würde kommen, dann wäre die Party trotzdem vorbei, obwohl ich nicht gegangen bin. Wer nicht geht, der wird getragen.

Man sollte also aufstehen, sagen, dass es schön war, schön gewesen, dass es nun Zeit ist, höchste Zeit sogar, man sollte sich bedanken, die Hoffnung auf ein baldiges Wiedersehen zum Ausdruck bringen, man sollte zur Tür gehen, die Tür öffnen oder von den Gastgebern öffnen lassen und gehen. Aber so läuft das nicht in unserer Kultur. In unserer Kultur ist es Sitte, dass man an der Türe noch einmal stehen bleibt und dort so tut, als sei der gerade eben geäußerte Wunsch, das nette Beisammensein zu beenden, ein schwerwiegender Irrtum gewesen. Man schneidet ein neues Thema an. Man tut so, als sei zur Anschneidung dieses neuen Themas, so es einem denn tatsächlich unter den Nägeln brennte oder brönne, nicht in den vorangegangenen Stunden alle Zeit der Welt vorhanden gewesen.

Wie viele Stunden meines Lebens habe ich in Fluren verbracht, vor einer geschlossenen oder halb geöffneten Tür, und habe sinnlosen Abschiedsgesprächen gelauscht? Wie viele? Ich will es gar nicht wissen. Ich selber sage nie was. Höchstens: Auf Wiedersehen, danke. Aber die anderen. Es ist ja auch Sitte, dass meistens mehrere Gäste gleichzeitig gehen oder sogar alle gleichzeitig. Dagegen habe ich nichts. Aber man steht Schlange. Man darf sich nicht einfach an den anderen vorbeidrängeln, man wartet, bis man an die Reihe kommt. Es ist eine Situation wie einst bei der Ausreise aus der Sowjetunion. Jeder Gast, jeder außer mir, möchte noch eine Viertelstunde reden. Warum sind sie dann nicht einfach alle eine Viertelstunde länger sitzen geblieben?

Die Zeremonie des Abschieds dauert fast so lange wie

das Zusammensein – hat nicht sogar Simone de Beauvoir ein Buch darüber geschrieben? *Die Zeremonie des Abschieds.* Der Tod von Sartre ist darin nur eine Metapher.

Die Leute denken, einfach zu gehen, mit einem »Tschüss«, mit einem »Pfüati«, einem »Vergelt's Gott«, sei unhöflich. Brüsk. Es muss ein Nachspiel geben, wie beim Koitus. Ich möchte mal eine ganz einfache Wahrheit aussprechen: Eine Essenseinladung ist kein Koitus. Bei einer Essenseinladung darf, nein, muss man sich anders verhalten. Zum Beispiel, manche Leute duschen nach dem Koitus, aber nach der Essenseinladung steht nie jemand auf und duscht. Merke: Es herrschen andere Spielregeln. Sehen Sie, das ist eines meiner Probleme mit der deutschen Leitkultur, ich lehne diesen Bestandteil der deutschen Leitkultur ab, das postkoitale Herumstehen.

Das Glück

In der ARD veranstalten sie eine Themenwoche über das Glück. Ich lege ja auf Glück keinen gesteigerten Wert. Glück finde ich furchtbar. Ich hatte einen Freund, dem es gutging. Er lebte mit einer, soweit ich das beurteilen kann, sympathischen Frau zusammen, er war aus kleinen Verhältnissen zu einem beachtlichen Wohlstand aufgestiegen, hatte das, was man einen »interessanten Job« nennt, war pumperlgesund, alles prima. Wenn wir zusammen essen waren, klagte dieser Mensch fast ununterbrochen. Ärger mit dem Chef. Die Karriere geht nicht mehr voran. Die Frau, na ja, perfekt war sie nicht. Und dann auch noch der unerfüllte Kinderwunsch. Das sind alles Probleme, ohne Zweifel. Wobei ich sicher bin, dass er im Falle einer Erfüllung des Kinderwunsches ansatzlos damit begonnen hätte, über den Stress und die Doppelbelastung zu klagen.

Unsere Vorfahren waren bekanntlich völlig zufrieden, wenn sie überlebten. Um zu überleben, hatte man gut zu tun. Genug zu essen und es schön warm zu haben und in der Nacht nicht alleine zu sein, das war schon richtig super. Für alle weitergehenden Wünsche war das Jenseits zuständig. Jetzt geht es uns etwas besser, jetzt wollen wir das Optimum, und dies selbstverständlich im Diesseits.

Die einzige brauchbare Definition von »Glück« heißt für mich: Du bist in der Lage, dich an dem zu erfreuen, was bei dir gutläuft. Den ganzen Rest kannst du vergessen. Du kannst einen geglückten Moment erkennen und ihn auskosten. Mehr geht nicht, mehr ist nicht im Angebot. Die Suche nach dem perfekten Leben ist die sicherste Methode, unglücklich zu enden.

Eigentlich weiß das jeder. Man hält sich nicht daran, weil das Leben so ähnlich funktioniert wie eine Zeitung. In der Zeitung stehen vorne ganz groß die Katastrophen, die Kriege, die Trennungen und die Krisen. Wenn man im Restaurant die Zeitung liest, denkt man: eine schreckliche Welt. Aber dann kommt der Ober mit dem Germknödel, und man merkt: So schrecklich ist die Welt in Wirklichkeit gar nicht.

Die Suche nach dem vollkommenen Glück ist der Totalitarismus des kleinen Mannes. Gefährlich wird die Sache, wenn sie Staaten oder Bewegungen erfasst. Wenn ein System vollkommene Gerechtigkeit verspricht, totale Freiheit oder das Glück auf Erden für alle, kann man nur sehen, dass man schnell das nächste Flugzeug erwischt, in ein Land, in dem die Leute in Ruhe ein bisschen unglücklich oder ungerecht sein dürfen.

Das Lexikon sagt: Die Erfüllung menschlicher Wünsche und unseres Strebens, das heißt Glück. Demnach ist das Glück ein Zustand der Wunschlosigkeit. Quallen und Fadenwürmer sind wahrscheinlich glücklich. Glück muss wahnsinnig langweilig sein. Jemand ist Fan, sagen wir, von Bayern München. Wenn Bayern München jahrelang immer nur gewinnt, bedeutet dies für den Fan anfangs die pure Euphorie, später ist es angenehm, aber dann wird es, ganz allmählich, sehr, sehr traurig. Die Siegesfeiern werden immer routinierter, bis schließlich keiner mehr freiwillig hingeht.

Ich muss das nicht haben. Ich will mich auch mal ärgern, ich will auch traurig und wütend sein. Wenn du krank warst und zum ersten Mal wieder spazieren gehst, wenn du gefeuert wurdest und einen neuen Job angeboten bekommst, wenn du alleine warst und jemanden gefunden hast, das sind die besten Momente. Wenn aber kein einziger meiner Wünsche erfüllt wird und mein gesamtes Streben vom Schicksal komplett ignoriert wird, ist das natürlich auch ungut. Irgendwo zwischen dem Glück und dem Unglück liegt die Zone, wo es sich am besten leben lässt.

Die vorliegenden Texte wurden zwischen 2012 und 2014 erstmals in der *ZEIT* und in der Berliner Zeitung *Der Tagesspiegel* veröffentlicht und für dieses Buch überarbeitet. »Schreiben« erschien erstmals in *Freunde*, dem Magazin der Freunde der Hamburger Kunsthalle.

Stille Nacht, Martensteins Nacht!

In seinen zwölf modernen Weihnachtsgeschichten definiert Harald Martenstein den Begriff »Besinnlichkeit« neu. Da gibt es den Weihnachtsmörder, der jedes Jahr am 24. Dezember zuschlägt, mal als Lamettawürger, mal als Christbaumstecher, und damit nicht nur dem ermittelnden Ich-Erzähler das Fest versaut. Da wird »Das Neue Testament« einfach mal juristisch verstanden oder »Die Heilige Familie« radikal in die Gegenwart katapultiert. Und wir verfolgen, wie sich ein Weihnachtsmann als Stripper und erotischer Dienstleister bei Betriebsfeiern durchschlägt. So schwarz haben sich Weihnachtsgeschichten noch nie angehört. Trotz seines Sarkasmus hat Martenstein aber kein Anti-Weihnachtsbuch verfasst: Mit Hintersinn und überraschenden Pointen stellt er vielmehr die alten Fragen neu – was heißt heute Familie, wie können wir Frieden finden, wo wohnt die Liebe?

Der Bestsellerautor über seine erste große Liebe – das Kino

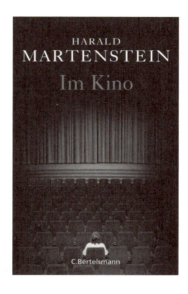

Harald Martenstein bringt endlich ein Buch über seine erste Liebe heraus: das Kino. Als Kritiker und Kulturreporter, aber auch als Humorist schreibt Martenstein seit seinen Anfängen immer wieder über Filme, Festivals und das Filmbusiness, über die großen Stars und ihre kleinen Missgeschicke. Seine tägliche Kolumne während der Berlinale genießt bei Lesern und Radiohörern Kultstatus.

Martensteins Texte über Filme haben auch für Leser, die nur hin und wieder ins Kino gehen, einen hohen Unterhaltungswert. Wie in seinen Kolumnen ist er auch als Kritiker und Beobachter einer eitlen Branche immer überraschend – mal absurd, satirisch oder brüllend komisch, dann wieder genau reflektierend. Immer sind dabei die Zuneigung und der Respekt spürbar, die er für seine Lieblingskunst empfindet.

Harald Martenstein IM KINO erscheint im Januar 2017